परितोष चक्रवर्ती

परितोष चक्रवर्ती का जन्म 1951 में सक्ती, छत्तीसगढ़ में हुआ। उन्होंने समाजशास्त्र में एम.ए. और बैचलर ऑफ जर्नलिज्म भी किया।

मूलतः कथाकार किन्तु कविता, रिपोर्ताज, व्यंग्य एवं नाटक विधा में भी लिखा। एक लघु उपन्यास, दो कहानी संग्रह, एक-एक व्यंग्य, नाटक, कविता, रिपोर्ताज संग्रह तथा तीन अनूदित पुस्तकें प्रकाशित हैं।

पत्रकारिता से करियर की शुरुआत की, फिर सरकारी नौकरीलगभग एक दर्जन संस्थानों में काम किया। राष्ट्रीय पाक्षिक *लोकायत* (हिन्दी व अंग्रेजी) का सम्पादन किया।

...कोई नाम न दो

(प्यार की कहानियाँ)

परितोष चक्रवर्ती

राजकमल पेपरबैक्स

राजकमल पेपरबैक्स में
पहला संस्करण : 2005
This book is printed on **Print on Demand** Technology : 2024

राजकमल पेपरबैक्स : उत्कृष्ट साहित्य के जनसुलभ संस्करण

राजकमल प्रकाशन प्रा. लि.
1-बी, नेताजी सुभाष मार्ग, दरियागंज
नई दिल्ली-110 002
द्वारा प्रकाशित

शाखाएँ : अशोक राजपथ, साइंस कॉलेज के सामने, पटना-800 006
पहली मंजिल, दरबारी बिल्डिंग, महात्मा गांधी मार्ग, प्रयागराज-211 001
1, अनमोल सोराबजी संतुक लेन, धोबी तलाव, मरीन लाइंस, मुम्बई-400 002
वेबसाइट : www.rajkamalprakashan.com
ई-मेल : info@rajkamalprakashan.com

मूल्य : ₹199

...KOI NAAM NA DO
by Paritosh Chakravarti

ISBN : 978-81-267-1030-0

उन तमाम लोगों के नाम
जिन्होंने हमेशा
प्यार को
मान दिया

क्रम

सोनपत्ती

"बुआ, चलो अब घर जाएँगे हम..." छोटू की आठ वर्षीया बेटी रिंकू ने जब आवाज दी तो उनकी तन्द्रा टूटी...। कहाँ खो गई थीं वे ? क्या उन्हें झपकी आ गई थी ? नहीं तो, अभी-अभी तो वे कैप्टन महेन्द्रप्रताप की कही गई ढेर-सारी बातों के विश्लेषण में उलझी थीं। नींद में यह सब कहाँ सम्भव है ?

पार्क के कोनेवाली बेंच से उठते वक्त एक बार फिर उनकी निगाह बेंच के दूसरे छोर की ओर उठ जाती है। यही जगह थी कैप्टन साहब की। अपनी मिलेट्रीवाली छड़ी को वे बीच में रखते थे। इस तरफ वे और उस छोर पर कप्तान साहब, बेंच के बीचोबीच उनकी छड़ी।

"बुआ, हम आज निलेश के संग दौड़ में दो-दो बार अव्वल आए...तुम्हें कितना पुकारा, पर तुमने मेरी तरफ देखा भी नहीं...हमें अच्छा नहीं लगा...।"

उन्होंने रिंकू को अपनी ओर खींचा, "नहीं बेटे ! मैं तो हैरत में डूब गई थी कि मेरी बिटिया लड़की होते हुए भी एक लड़के से आगे हो गई...। अबकी बार स्कूल की रेस में तुम जरूर भाग लेना।"

घर की ओर लौटते हुए उन्हें लगा, कप्तान साहब की अनुपस्थिति को लेकर

इतना उद्वेलित नहीं होना चाहिए...। आखिर क्या सम्बन्ध है उनसे, जो इतनी उद्विग्न हो रही हैं ? मन में उठे इस प्रश्न का उन्हें फौरन कोई जवाब नहीं सूझता। वे सोचने लगती हैं–क्या सारे सम्बन्धों को कभी एक निश्चित परिभाषा में बाँधा जा सका है? परिवार के भीतर भी जो सम्बन्धों के सूत्र होते हैं, क्या वे सब दिशा और दशा में एक जैसे होते हैं ? इसी तरह के विचारों के कई-कई वृत्तों से वे घिर जाती हैं...।

याद करने लगें तो पिछली बातें सिलसिलेवार याद आने लगती हैं। सौ-दो सौ मकानोंवाली इन दो कॉलोनियों के एक कोने में यह छोटा-सा पार्क टहलने की एकमात्र जगह है। बच्चे शाम को यहीं आकर खेल-कूद लेते हैं। जाहिर है, बच्चों के साथ बूढ़ों का भी मन बहल जाता है। निलेश और रिंकू के साथ उन्हें भी पार्क आना पड़ता है, घर में और किसी के पास इतनी फुरसत भी तो नहीं है। छोटू की पत्नी तीन बजे स्कूल से लौटती है, अगर उसे यहाँ शाम को आना पड़ा तो भला घर कौन सँभालेगा ?

पार्क में रोजाना टहलनेवालों में कप्तान साहब भी थे। ऊँचा-पूरा कद, इस उम्र में भी तनी हुई देहयष्टि। अपने लम्बे कदमों की चाल में वे सब में अलग से पहचाने जाते थे। इससे अधिक जानने की उत्सुकता उन्हें थी भी नहीं, बातचीत का तो प्रश्न ही नहीं उठता था। उस दिन अगर उनकी और रिंकू की बातचीत के बीच कप्तान साहब अचानक बोल न पड़े होते तो आज तक उनसे संवाद की स्थिति ही नहीं बनती। रिंकू पूछ रही थी, "बुआ, हमारे स्कूल में पहले बड़ा मैदान था खेलने के लिए। अब वहाँ दुकानें बन गई हैं। निलेश भैया के स्कूल में तो मैदान है ही नहीं। मिनोचा अंकल की कॉलोनीवाले पार्क में भी शापिंग कॉम्पलेक्स बन गया है। भला ऐसे में हम कहाँ खेलें ? बुआ, खेल के मैदान ही क्यों कम हो रहे हैं ?"

पता नहीं कब से कप्तान साहब रिंकू की बातें ध्यान से सुन रहे थे, उन्होंने तुरन्त टिप्पणी की, "छोटी-सी गुड़िया और बातें बुढ़िया-सी...वाह बेटी वाह।"

रिंकू का चेहरा तमतमा गया था, "हम बुढ़िया नहीं हैं...।"

कप्तान साहब को अपनी गलती का अहसास हुआ, "अरे नहीं गुड़िया... तुम तो इत्ती-सी बिटिया हो...वह तो मैंने गुड़िया के साथ बुढ़िया की तुकबन्दी की थी...हमें माफी दे दो...। पर बात तो आपने बहुत बड़ी की है। इस शहर का मेयर यहाँ होता तो मजा आ जाता। एक बच्चे के सवाल के आगे...उसके छक्के छूट जाते।"

उस घटना के बाद कप्तान साहब क्रमशः मुखर होते चले गए–हर मुलाकात

में पहले से कहीं अधिक स्पष्ट। प्रारम्भिक औपचारिकताओं का क्रम घटता रहा, किन्तु वे वाचाल नहीं थे। कप्तान साहब ने बताया था कि वे मध्यप्रदेश के छत्तीसगढ़ इलाके से हैं; ग्रेजुएशन के बाद मिलेट्री में चले गए थे और क्रमशः पदोन्नत होते हुए कप्तान के पद पर पहुँचे। घर में कहीं कोई कमी नहीं थी। अच्छी-खासी पेंशन पाते थे, लेकिन अपने तने हुए शरीर की तरह अपने सिद्धान्तों के साथ वे कतई कोई समझौता नहीं कर पाए। यही कारण है कि इसके बाद उन्होंने फिर कोई नौकरी नहीं की। अपने हिस्से की गाँव की खेती-बाड़ी बेची और यहाँ स्थायी तौर पर बस गए।

कप्तान साहब के सभी बच्चे लगभग सेटल्ड हैं। कुल मिलाकर एक सन्तुष्ट परिवार, लेकिन...कप्तान साहब ने कहा था, "सरोजजी, बहुत साफ शब्दों में कहूँ तो मैं ही मिसफिट हूँ इस दुनिया के लिए। फौज में रहते हुए अपने आदर्शों पर टिके रहने में ज्यादा दिक्कत नहीं होती थी, क्योंकि वहाँ व्यक्ति यों ही अनुशासन में बँधा होता है, लेकिन आज समाज के सभी क्षेत्रों में आई गिरावट को देखता हूँ तो बड़ी तकलीफ होती है। सम्बन्धों तक पर लोगों का भरोसा नहीं रह गया है। नाते-रिश्ते भी जैसे माप-तौल के समान हो गए हैं।"

यह कहते हुए कप्तान साहब ने क्षण-भर के लिए मौन साध लिया था और इस मौन को तोड़ने का साहस वे नहीं कर पाई थीं। ऐसा करना उन्हें अशोभनीय लगा था। अच्छा हुआ कप्तान साहब ने स्वयं ही मौन तोड़ा, "अब हम क्या बताएँ ? घर में सब-के-सब मुझसे दूरी बनाए रखते हैं। उनके मन में मेरी इमेज एक कठोर व्यक्ति की है। उन्हें लगता है कि मैं न उनकी खुशी में शामिल हो सकता हूँ, न उनकी समस्याओं से मेरा कोई नाता है। आप स्वयं अपने को देखें—कितने मजे से अपने भाई के बच्चों को यहाँ खेलाने ले आती हैं और आपका समय बीत जाता है, पर मेरे नाती तो मेरे साथ आने से कतराते हैं। भूले-भटके कभी कोई आ भी गया तो तुरन्त अपनी प्रतिक्रिया व्यक्त करेगा, नानू ! बहुत बोर करते हैं आप... !"

थोड़ी देर के लिए वे भूल गई थीं कि कप्तान साहब कुछ बोल रहे हैं और आदतन उनके अकेलेपन को मापने लगी थीं। एक भरे-पूरे परिवार में भी अकेलेपन की विवशता ढोते रहना व्यक्ति को कितना तोड़ देता होगा ? ऊपर से अगर वह अपने ही सिद्धान्तों के अनुरूप जीने की स्वतन्त्रता चाहता हो, तब ?

"सरोजजी, मैं यूँ ही बोले जा रहा हूँ या आप कुछ सुन भी रही हैं ? लगता है, आप किसी और दुनिया में खो गई हैं... !"

वे हड़बड़ा-सी गई थीं। क्या सोचते होंगे कप्तान साहब कि उन्होंने भी

उन्हें इग्नोर किया है !

"नहीं...नहीं...कप्तान साहब ! मैं सुन रही थी आपको...साथ ही साथ गुन भी रही थी...।"

कुछ रुककर उन्होंने कहा था, "आपकी बातें सुनते हुए मुझे अपने पति की याद आ गई थी। वे युवावस्था में ही समाजवादी आन्दोलनों में सक्रिय हो गए थे और अपनी सोच में आप ही की तरह थे। सिद्धान्तों के प्रति इतने समर्पित कि उनके तेवर देखकर मुझे डर लगता था...आपकी बातें सुनते हुए मैं सोच रही थी–यह जरूरी तो नहीं कि हमारे सोचने का जो तरीका है, उसे दूसरे जस-का-तस अपनाएँ। हम अपनी सोच को औरों की समझ के अनुकूल कुछ सरल करने के लिए भी क्यों तैयार नहीं होते ? हर किसी की सोच का धरातल एक जैसा तो नहीं होता।"

कप्तान साहब बड़ी तन्मयता से उसकी ओर देखते रहे थे, "सरोजजी, इतनी सहजता से आप इतनी बड़ी-बड़ी बातें कैसे कर लेती हैं ? आज से आपका बताया तरीका आजमाने की कोशिश करूँगा। आपके पति बड़े भाग्यशाली थे, जो उन्हें आपका साथ मिला...।"

वे बीच में बोल पड़ी थीं, "कहाँ मिला था ? सिर्फ पाँच साल। कदम-से-कदम मिलाने की शुरुआत भी नहीं हो पाई थी कि एक झटके में वे जीवन से ही छिटक गए...।" वाक्य के अन्तिम छोर तक आते-आते उन्हें लगा था, उनकी पलकें कुछ भारी होती जा रही हैं। वे आँसुओं पर काबू पाने की कोशिश में जुट गई थीं...। कप्तान साहब ने अफसोस जाहिर किया था, "माफ कीजिएगा...मैं भी कितना अहमक हूँ...। खामख्वाह अतीत की चर्चा छेड़ बैठा...फौजी जो ठहरा...प्रैक्टिकल नहीं बन पाता...सॉरी...।

वे जब भी कप्तान साहब की तुलना अपने-आपसे करती हैं तो महज एक छोटे-से हिस्से को छोड़कर बाकी जगह लगता है कि ईश्वर ने उन्हें बहुत कुछ दिया है। उनके भाग्य में मात्र पाँच वर्ष पति का सुख लिखा था। यदि असमय उनका साथ नहीं छूटता तो आज जिन्दगी किसी दूसरे ही मोड़ पर खड़ी होती। अम्मा-बाबूजी के स्नेह का संबल उनके साथ अवश्य था, मगर उसमें सबसे अधिक योगदान छोटू का था। यदि छोटू उनसे दस-बारह साल छोटा नहीं होता तो अपने ही भाई को 'माँ' की तरह पालने में वे इतनी व्यस्त नहीं हो पातीं। आज इकसठ वर्ष की उम्र में वे पूरे मोहल्ले की बुआ बन गई हैं, सबके सुख-दुःख में हर घड़ी शामिल। किसी भी घर की गमी या खुशी में बुआ न पहुँचें, ऐसा सम्भव ही नहीं, तभी तो कभी-कभी छोटू मजाक करता है, "जिज्जी,

तुम तो जगत-बुआ बन गई हो।"

यहाँ तक कि छोटू की पत्नी भी उन्हें बुआ कहकर ही पुकारती है। उसका तर्क है कि बुआ कहो या जिज्जी, क्या फर्क पड़ता है ! सम्बोधन से कहीं ज्यादा अहमियत इस बात की है कि हम सम्बन्धों को जी कैसे रहे हैं। यह 'बुआ' शब्द उनके साथ इस तरह गड्डमड्ड हो गया है कि कप्तान साहब से अपना नाम 'सरोजजी' सुनने में उन्हें कुछ अजीब-सी अनुभूति होती है।

कप्तान साहब कह रहे थे, "आप बहुत भाग्यशाली हैं सरोजजी, बुढ़ापे का अकेलापन आपके हिस्से में न के बराबर है। आपसे कितना प्यार करते हैं आपके छोटे भाई, बहू और ये बच्चे ! मेरे खयाल से बुढ़ापे में यह प्यार ही सबसे बड़ा टॉनिक है। अपने बारे में जब सोचता हूँ तो लगता है, मैं भी तो दोषी हूँ। जिस समय इन बच्चों को मेरी जरूरत थी, उस समय मैं अपने ओहदे और काम के नशे में मस्त रहता था। आहिस्ता-आहिस्ता मेरे और उनके बीच एक ऐसी अदृश्य दूरी बन गई है, जिसे कम करना शायद उनके बस में जितना नहीं है, उससे अधिक मेरे बस में नहीं है।"

घर आकर भी वे कप्तान साहब को लेकर अपनी सोच से मुक्त नहीं हो पातीं। उन्हें लगता है, कल तक जो व्यक्ति अनजान था, वह इस कदर उनकी दिनचर्या से जुड़ गया है कि आज उसकी अनुपस्थिति उन्हें परेशान कर रही है। उन्हें याद आया कि एक बार उन्होंने कप्तान साहब को टोका था, "...और, मिलेट्री के रिटायर्ड लोग तो बड़े शौक से घूमते-फिरते समय भी तमाम मेडल्स के साथ अपनी पुरानी वरदी पहन लेते हैं, आपको ऐसा शौक क्यों नहीं है ?" तब कप्तान साहब ने अपनी छड़ी घुमाते हुए कहा था, "सरोजजी, इसीलिए तो कहता हूँ कि मैं इस दुनिया के लिए मिसफिट हूँ, क्योंकि मुझे किसी की तस्वीर, किसी की पुरानी याद सहेजकर रखने का कोई शौक नहीं है। आप अगर पूछें कि ऐसा क्यों है, तो इसके लिए मैं ढेर सारे तर्क दे सकता हूँ। यों समझिए कि मैं अपने को स्मृतिचिह्नों से बाँध नहीं पाता। जो वक्त निकल गया, उसके चिह्नों को लेकर हम भला क्या करेंगे ? आप आश्चर्य करेंगी कि मैं अपने पुराने एलबम भी कभी पलटकर नहीं देखता।"

वे सोचती हैं, स्वयं उन्हें भी तो इकसठ वर्ष की इस उम्र में अपने वैवाहिक जीवन के संक्षिप्त पाँच वर्ष इतने धुँधले लगते हैं कि उन दिनों को वे करीने से सजा नहीं पातीं। कहीं-न-कहीं वे पाँच साल, बाकी उम्र से बिलकुल अलग-थलग व अनचीन्हे-से लगते हैं। जिन्दगी आज एक पृथक छन्द में कुछ इतनी ढल गई है कि उन पाँच वर्षों को इसमें पिरो पाना बड़ा कठिन लगने लगता है। यदि उनके

बेडरूम में शादी के समय की पुरानी तस्वीर नहीं लगी होती तो सम्भवतः पति का चेहरा उन्हें याद ही नहीं रहता। अनायास उन्हें लगता है कि यदि उनके पति आज जीवित होते तो क्या वे कप्तान साहब जैसे होते... ? क्या वे भी इनकी तरह अकेले पड़ जाते ? नहीं...। सरोज के होते भला वे क्यों अकेले पड़ते ? वे अपने-आपसे शरमा जाती हैं।

कभी-कभी कप्तान साहब उस बेंच की नियमित बैठकी में नहीं पहुँच पाते। ऐसा तभी होता, जब या तो बच्चों के स्कूल के एनसीसी टीचर उन्हें ऐसा घेर लेते कि छोड़ते ही नहीं या फिर वे दूसरे कोनेवाले चबूतरे पर बैठते-टहलते कहीं और चले जाते। ऐसे समय वे खीझने लगतीं और सोचतीं कि साधारण सौजन्यतावश ही कप्तान साहब को एक बार आकर उनसे मिलना चाहिए था। लेकिन ऐसा विचार मन में आते ही वे अपने पर झुँझला उठतीं। गैरों से वे इतनी प्रत्याशाएँ क्यों करने लगीं ? पहले तो ऐसा नहीं होता था ? आज तक उनकी प्रत्याशा ने घर की देहरी नहीं लाँघी थी, अब क्या हो गया ?

बीच-बीच में पार्क में घूमने का यह क्रम टूट भी जाता था। कभी वे नहीं तो कभी कप्तान साहब नहीं। चाहे एक दिन हो या दो दिन, अगर कप्तान साहब दिखाई न दें, तो उनकी अनुपस्थिति उन्हें खलने लगती थी। क्या उनके पार्क में न आने पर कप्तान साहब भी ऐसा ही सोचते होंगे ? वे ऐसा सोचते होंगे या नहीं, सरोज के पास इसका उत्तर नहीं है। पिछले साल ऐसा हुआ था, जब लगातार पाँच दिन कप्तान साहब पार्क में नहीं दिखे तो वे चिन्तित हो गई थीं, पर किसी से पूछा भी तो नहीं जा सकता था। उन्हें वे पाँच दिन बहुत कठिन लगे थे। छठवें दिन जब कप्तान साहब अपनी चिर-परिचित तनी हुई चाल से उनकी तरफ आते दिखे तो जाने क्यों वे अपने-आपमें सिकुड़ गई थीं। उन्हें अब लगता है कि अपने-आपमें सिकुड़ना शायद मन की लाज की अभिव्यक्ति रही होगी। अपनी ही इस प्रतिक्रिया पर वे परेशान हो उठी थीं।

नंगे पाँव खेलते हुए उस दिन रिंकू के पाँव में काँच का टुकड़ा चुभ गया था। आठ साल की लड़की को गोद में उठाकर घर लाने की हिम्मत उनमें नहीं थी। कप्तान साहब ने पहले तो अपने रूमाल को पट्टी की तरह रिंकू के पाँव पर बाँधा और फिर उसे उठाकर घर तक लाए थे। पहली बार कप्तान साहब उनके घर आए थे। पर रिंकू के रोने और उसकी माँ के उतावलेपन में वे भूल ही गई थीं कि कप्तान साहब को थोड़ी देर बैठने के लिए कहतीं। एक साधारण-से अभिवादन के बाद कप्तान साहब चले गए थे।

देर तक वे अव्यवस्थित रहीं। क्या कप्तान साहब को बुरा लगा होगा ?

उन्होंने स्वयं को समझाने का प्रयास किया—ऐसी भावुकता का कोई अर्थ नहीं है। लेकिन अपने मन का वे क्या करें ! वे आज के पंखों पर बैठकर अतीत में उड़ जातीं और कभी अतीत की गहराइयों में डूबती-उतराती आज तक चली आतीं। ऐसे ही खयालों की दुनिया में खोई हुई वे बरामदे में कब से बैठी थीं, उन्हें इसका भान ही नहीं होता, अगर छोटू की पत्नी ने आकर आवाज न दी होती, "अरे बुआ, एकदम गुमसुम क्यों हो गई हैं ? रिंकू की चोट को लेकर खामख्वाह इतनी परेशान हो रही हैं। बच्चों को ऐसी चोटें लगती ही रहती हैं। डॉक्टर ने ए.टी.एस. भी लगा दिया है। एक-दो दिन में ठीक हो जाएगी। इस जगह इतने मच्छर हैं...आपको काट नहीं रहे हैं ?"

"नहीं बेटा, मैं तो यूँ ही बैठी रह गई थी ! उम्र हो गई है न ! यह अनमनापन भी उम्र की निशानी है।" उन्हें मालूम है कि अब छोटू की पत्नी उनसे कुछ नहीं पूछेगी, क्योंकि इस घर में वे एक बार जो कह देती हैं, उसे मान लिया जाता है। छोटू की पत्नी के साथ उम्र का इतना अन्तर है कि वे चाहकर भी अपने द्वन्द्व उसके साथ शेयर नहीं कर पातीं। छोटू भले ही आज दो बच्चों का पिता और एक जिम्मेदार अफसर हो गया है, लेकिन जिज्जी के सामने आज भी वह बच्चा बन जाता है। जिज्जी ने कह दिया अर्थात् वह फाइनल है, उसमें कोई तर्क नहीं। अपनी इस स्थिति से उन्हें असन्तोष भले न हो, पर कभी-कभी चिढ़ होने लगती है कि आखिर वे जो भी कहती हैं, हर-हमेशा वह सब सही होता है क्या ? ये बच्चे क्यों उनसे तर्क नहीं करते ? ऐसा सोचते हुए उन्हें फिर कप्तान साहब की याद आ जाती है।

कप्तान साहब ने एक दिन कहा था, "सरोजजी, जब घर में आपकी बातों का कोई मूल्य ही न हो, कोई आपके मन का खयाल ही न रखे तो आप क्या कर सकती हैं ? मेरी स्थिति ठीक वैसी ही है। पत्नी हर-हमेशा बच्चों का पक्ष लेकर चलती है। शायद उसने अपने-आपको ऐसा ही एडजस्ट कर लिया है। मेरी कोई कहाँ सुनता है... !" पल-भर के लिए रुककर उन्होंने कहा था, "मैं भी कहाँ की ले बैठा...आप बोर हो रही हैं, क्यों... ?"

वे अनायास हँस पड़ी थीं और एक छोटा-सा उत्तर उनके होंठों पर फिसल गया था, "कोई नहीं सुनता हो, लेकिन मैं तो आपकी पूरी बातें सुनती रही हूँ।" अपने ही इस उत्तर से वे चौंकी थीं और पल-भर के लिए उन्हें लगा था कि उनके तांबई चेहरे में थोड़ी लाली आ गई होगी। काश, व्यक्ति स्वयं के चेहरे को बिना आईने के देख पाता ! वे कप्तान साहब की तरफ देखने का साहस नहीं जुटा पातीं। उन्हें सिर्फ कप्तान साहब की आवाज सुनाई देती है, "आप ठीक कह रही

हैं। यह जो मैं आपसे बोल-बतिया लेता हूँ, लगता है बस यही कुछ पल हैं, जो मुझे सबसे ज्यादा सुकून देते हैं।”

उस दिन तो कप्तान साहब ने उन्हें मुश्किल में ही डाल दिया था। बिना किसी भूमिका के उन्होंने जेब से एक तह किया हुआ कागज निकाला और उनकी तरफ बढ़ाते हुए कहा, “सरोजजी, बहुत दिनों से मैं आपको एक चीज देना चाहता था, लेकिन हिम्मत नहीं होती थी...आज मैं इसे साथ लाया हूँ, आप रख लेंगी तो मैं हलका हो जाऊँगा और अगर आपको कोई दिक्कत हो, तो यह वजन पहले की तरह मेरे ऊपर ही बना रहेगा।”

बोलते-बोलते कप्तान साहब चुप हो गए, जैसे अगली बात कहने के लिए शब्द ढूँढ़ रहे हों। वे भी खामोश बनी रहीं, इस उद्वेलन में कि आखिर कप्तान साहब उन्हें ऐसा क्या देना चाहते हैं। कुछ समय बाद कप्तान साहब ने ही उस मारक चुप्पी को तोड़ा और धीरे-धीरे कहना शुरू किया, “मैंने आपको बताया था कि मैं छत्तीसगढ़ क्षेत्र से हूँ। हमारे यहाँ दशहरे के दिन रावण को जलाने के बाद लोग आपस में ‘सोनपत्तियाँ’ बाँटते हैं। सोनपत्तियाँ दरअसल एक पेड़ की वे पत्तियाँ हैं, जो पृथक-पृथक दो पत्तियों का संयुक्त रूप हैं, यानी पच्चीस प्रतिशत सम्बद्ध और पचहत्तर प्रतिशत उन्मुक्त, मात्र एक हिस्से में वे आपस में जुड़ी होती हैं, जो किडनी के आकार की होती हैं। तितली के पंख जैसी ये पत्तियाँ अगर शरद की धूप या पानी में पड़ी रहें तो एक विशेष कोण से सूर्य की रोशनी में सोने की तरह चमकती हैं। शायद इसीलिए इन्हें ‘सोनपत्ती’ कहा गया है। इन्हें बाँटते हुए लोग आपसी सौहार्द्र, प्यार और सम्बन्धों को एक नई ताजगी के साथ एक-दूसरे तक पहुँचाते हैं। यह सन्देश देने में ऊँच-नीच का कोई भेद नहीं होता। वर्ष-भर इन पत्तियों की कोई खोज-खबर नहीं लेता, पर दशहरे के दिन इस पेड़ पर एक भी पत्ती शेष नहीं रहती, सबकी सब सम्बन्धों की तलाश में घर-घर बिखर जाती हैं। पुरुष आपस में भी सन्देश बाँटते हैं तथा पुरुषों और महिलाओं के बीच भी ‘सोनपत्तियाँ’ बाँटी जाती हैं। ये भी एक सोनपत्ती है, जो पिछले पैंतीस वर्षों से मेरे पास रखी हुई है। गाँव के एक व्यक्ति ने मुझे यह इस अपेक्षा के साथ दी थी कि जब तक मैं इसकी मर्यादाओं का ध्यान रखूँ या इसे पूरी तरह से इज्जत दे सकूँ, तब तक इसे अपने पास रखूँ। अन्यथा इसे किसी ऐसे व्यक्ति को दे दूँ जो इसे मान दे पाए। इसमें पहले चमकीले सोने का वर्क चढ़ा हुआ था, जो समय के अन्तराल में काला पड़ गया है। घर में आजकल इस कदर धमाचौकड़ी मची रहती है कि मुझे डर है, यह किसी दिन कचरे में न फिंक जाए या मेरे आधुनिक बच्चे इसे गैरजरूरी सामान मानकर

खुद कहीं फेंक-फाँक न दें। इसलिए इसे अगर आप रख लें, तो मुझे खुशी होगी।"

एकबारगी उनका चेहरा तप-सा गया था। संवेगों की एक लहर उनके कानों के आसपास से गुजर गई थी, क्योंकि अपने चेहरे की झुर्रियों में हलकी-सी थिरकन को उन्होंने महसूस किया था। किसी तरह स्वयं को नियन्त्रित करते हुए उन्होंने कप्तान साहब के हाथ से सोनपत्ती ले ली थी और बहुत ध्यान से उसे देखा था। सचमुच अर्थपूर्ण थी सोनपत्ती। तितलियों के पंखों जैसी उसकी अलग-अलग दो पत्तियाँ एक सिरे से जुड़ी हुई थीं, मानो दो पृथक अस्तित्व जुड़ने को आतुर हों। सुनहरेपन का आभास इतने वर्षों बाद भी उनमें रह गया था। उन्होंने कुछ नहीं कहा था और सोनपत्ती को फिर आहिस्ते से उसी कागज में समेटकर अपने पास रख लिया था। ऐसा करते हुए जब उनकी निगाह कप्तान साहब की ओर उठी, तो पाया था कि उनके चेहरे पर एक अजीब-सी तृप्ति के भाव तैर रहे हैं...।

घर आकर उन्होंने सोनपत्ती को अपनी सबसे प्रिय पुस्तक भगवद्गीता के छठे अध्याय में दो पन्नों के बीच सहेजकर रख लिया था। सचमुच, जो लोग सम्बन्धों के सिकुड़ने की वजह से परेशान हैं, उनकी निगाह में यह सोनपत्ती सोने से भी ज्यादा कीमती है, लेकिन वे बारम्बार यह सोचकर परेशान होती थीं कि कप्तान साहब ने इस पत्ती को इतने वर्षों तक क्यों सहेजे रखा। जो व्यक्ति स्मृतिचिह्नों को सहेजकर रखने के खिलाफ हो, तर्क के आधार पर उन्हें नकारता रहा हो, वह इस सोनपत्ती को इतने वर्षों से क्यों सहेजे हुए है ? इतने वर्षों बाद आखिर उन्हें ऐसा क्यों लगा कि इस छोटी-सी भेंट को सरोज ही पूर्ण सम्मान दे पाएगी, कप्तान साहब ने ये पत्तियाँ उन्हीं के हाथों में क्यों सौंपीं ? इस क्यों का उत्तर तलाश करते-करते एकाएक उन्हें सिहरन-सी होने लगी।

पूरे दस दिन से कप्तान साहब पार्क में दिखाई नहीं दिए। कभी-कभी रिंकू पूछ लेती है, "बुआ, वो मूँछवाले कप्तान अंकल क्यों नहीं आते ? क्या वे दूसरी कॉलोनी में चले गए हैं ?"

वे इस सवाल का क्या उत्तर दें ? यही प्रश्न तो उन्हें भी मथ रहा है कि आखिर इतने दिनों से कप्तान साहब दिख क्यों नहीं रहे हैं ? क्या वे बीमार पड़ गए ? या फिर शहर से बाहर चले गए हैं ? कहीं बीमार तो नहीं...। मजबूत कद-काठी के कप्तान साहब के पास जाने से तो बीमारी भी डरती होगी ! तब फिर... ? आखिर बात क्या है ? कई बार मन होता कि पता किया जाए, लेकिन दूसरे ही पल उन्हें लगता—ऐसा करना ठीक नहीं होगा। आजकल पार्क में जाते

वक्त उनके मन में जितना उत्साह रहता है, वापसी में वे उतनी ही उदास हो जाती हैं। कप्तान साहब की अनुपस्थिति उन्हें इतना अधिक परेशान क्यों कर रही है ? और किसी के लिए तो उन्हें कभी कोई परेशानी नहीं हुई ? और इस उम्र में ? क्या यह उम्र इन भावनाओं में बहने की है ?

आज वे घर लौटीं तो आँगन पार करते हुए उनके कानों में छोटू के शब्द टकराए, "क्या बात है... ? आजकल जिज्जी बड़ी गुमसुम रहती हैं ? उनकी तबीयत तो ठीक है न ?" खनकती आवाज में बहू का जवाब, "नहीं, तबीयत तो ठीक है, मैंने भी एक बार टोका था तो जिज्जी कहने लगीं कि बुढ़ापे में लोग ऐसे ही अनमने हो जाते हैं।"

वे सहसा और अधिक अव्यवस्थित होकर चाह उठती हैं कि इस समय छोटू से सामना न हो। लेकिन हो कैसे नहीं। उनके कदमों की आहट पाकर वह कमरे से बाहर निकल आया है और उनका रास्ता रोककर खड़ा हो गया है। उसके सम्भावित सवालों से बचने के लिए वे सहज होने का नाटक करती हैं, "क्यों रे छोटू, आज इतनी जल्दी घर कैसे आ गया ! तू तो जब से ब्रांच मैनेजर हुआ है, सात-आठ से पहले कभी लौटा ही नहीं !"

वे एक झटके में बोल तो गईं, लेकिन उनकी वाणी का कम्पन छुपा नहीं रह सका। छोटू ने उनकी ओर तलाशती निगाहों से देखा, "मुझे बहलाने की कोशिश मत करो जिज्जी ! आखिर बात क्या है ? तुम इतनी परेशान क्यों रहती हो आजकल ?"

उन्हें लगता है, जैसे वे चोरी करते हुए पकड़ी गई हैं। अपने भीतर के बवंडर को प्रकट न होने देने के लिए वे खँखारती हुई वाशबेसिन की ओर चली जाती हैं। छोटू वैसे ही खड़ा रहकर उनके लौटने की प्रतीक्षा करता है।

"जिज्जी, तुम्हारी तबीयत तो ठीक है ना ?"

"क्यों, मुझे क्या हुआ... ?"

इतने में रिंकू की कमेंट्री चालू हो जाती है; स्कूल से लेकर पार्क में खेलने तक की पूरी रिपोर्ट पापा को सुनाए बिना उसे चैन कहाँ ? निलेश अपेक्षाकृत शान्त है, तिस पर घर लौटते ही उस पर होमवर्क की हड़बड़ी सवार हो जाती है।

रिंकू की कमेंट्री में बात आई-गई हो जाती है और वे राहत की साँस लेती हैं।

रात में खाने की मेज पर रोज की तरह दुनिया-जहान की बातें होती हैं। छोटू की पत्नी अपने स्कूल के प्रिंसिपल की सनक पर अपनी नाराजगी जाहिर करती है, तो बच्चे अपनी फरमाइशों को खाने की मेज पर परोसने से नहीं चूकते।

इसी गहमागहमी में वे अचानक अपनी परेशानी का हल ढूँढ़ लेती हैं और छोटू से कहती हैं, "छोटू, मेरा एक काम करेगा ?"

"बोलो जिज्जी, क्या काम है ?"

"बगलवाली कॉलोनी में कप्तान साहब का घर तुझे मालूम है न ? वही कप्तान साहब, जो रिंकू को चोट लगने पर उसे घर लाए थे ?"

"हाँ, क्यों... ?"

"जरा पता करेगा कि वे ठीक-ठाक तो हैं... ?"

"क्या बात है जिज्जी ? पूरे मुहल्ले की चिन्ता में क्यों इस तरह दुबली होती रहती हो। उनके घर में काफी लोग हैं। कुछ उन्नीस-बीस हुआ भी हो तो सँभाल लेंगे। तुम नाहक परेशान होती हो !"

"यह उम्र ही ऐसी होती है, बेटा। फिर आजकल मौसम भी ठीक नहीं है। पार्क में आते-जाते उनसे बातचीत हो जाती है। समाज में रहकर एक-दूसरे की खोज-खबर तो लेनी ही पड़ती है ना ?"

छोटू के मुँह से अनायास फिसल गया, "जिज्जी, तुम खामख्वाह परेशान हो जाती हो। वे तो हमारा हाल-चाल जानने कभी नहीं आए। ठीक-ठाक होंगे, कहीं बाहर भी तो जा सकते हैं।"

उनका स्वर कुछ कठोर हो जाता है, "छोटू, मैंने तुझे पता करने को कहा है, कोई दिक्कत है तो बता !"

इतना कहना छोटू के लिए काफी था। फिर वह कोई तर्क नहीं करता– "ठीक है जिज्जी, मैं कल जरूर पता कर लूँगा।"

सुबह के वक्त किसी को किसी भी बात की चिन्ता करने की फुरसत नहीं होती। उनके जिम्मे दोनों बच्चों को स्कूल के लिए तैयार करने और सब्जियाँ काट देने भर का काम होता है। छोटू की पत्नी फटाफट सबके लिए दोपहर का खाना बनाती है और बच्चों का टिफिन तैयार करती है। छोटू बच्चों को बस स्टाप तक स्कूटर में छोड़कर आता है, फिर पति-पत्नी दोनों स्वयं तैयार होते हैं और जब वे साथ-साथ निकलते हैं, तब दस बजने को दस मिनट ही शेष रहते हैं। इतनी व्यस्तता के बीच उनकी सारी चिन्ताएँ स्थगित हो जाती हैं।

जैसे ही छोटू पत्नी को लेकर निकला, उन्हें चिन्ता ने घेर लिया, उसे अपनी जिज्जी की बात याद रहेगी या नहीं ? वैसे उसकी भूलने की आदत नहीं है। फिर अचानक उन्हें अपने मन का यह तर्क-वितर्क बचकाना-सा लगने लगा। 'लेकिन इसमें बचकानापन क्या है ?' उन्होंने स्वयं को समझाया, 'हमउम्र लोग आपस में बोल-बतियाकर अपने भीतर के 'मैं' को थोड़ी देर के लिए ही सही, बाहर आता

हुआ महसूस करते हैं और यही हमारा 'मैं' हमें पुलकित करता है और चिन्तित भी। कोई बोलने-बतियाने को न हो तो खाली घर में सोच का दायरा यों भी फैल-पसर जाता है।'

साढ़े तीन बजे छोटू की पत्नी के स्कूल से लौट आने पर भी उन्हें अपने भीतरी तनाव से छुटकारा नहीं मिला।

वे दिन-भर छोटू के लौटने की प्रतीक्षा करती रहीं। शाम को जब वह आया तो रोज की तरह आते ही पहले गुसलखाने में घुस गया और नहा-धोकर निकला, तो वे सामने पड़ गईं। सवालिया निगाहों से उन्होंने छोटू की तरफ देखा, लेकिन वह कुछ नहीं बोला।

वे सोचने लगीं—क्या वाकई छोटू ने कोई खोज-खबर नहीं ली ? उनसे रहा नहीं गया तो वे पूछ बैठीं, "छोटू, कप्तान साहब का पता किया था ?"

छोटू ने दूसरी तरफ देखकर कहा, "हाँ जिज्जी, गया था, लेकिन... ।" उसका वाक्य अधूरा रह गया, जैसे गले में कुछ अटक गया हो।

"लेकिन क्या ?" अपने कातर मन को यथाशक्ति संयमित रखने की कोशिश में उन्होंने कहा, "तू साफ-साफ क्यों नहीं कहता, क्या हुआ !"

और छोटू का डूबा हुआ स्वर उनके कानों में पड़ा, "जिज्जी, कप्तान साहब को गुजरे दस दिन हो गए हैं। अचानक हार्टअटेक हुआ था।"

हठात् उन्हें लगा, वे चालीस साल पीछे पहुँच गई हैं। किसी की मृत्यु का अहसास एक झटके में दुनिया के अस्तित्व को ही नकार जाए, ऐसा तभी हुआ था जब पति...लेकिन उम्र के इस पड़ाव पर पहुँचते हुए कप्तान साहब की मृत्यु की सूचना भी उन्हें उतनी ही तीव्रता से स्पर्श क्यों कर रही है ? इस अप्रत्याशित झटके को सबके सामने व्यक्त करने की स्थिति में भी वे स्वयं को नहीं पा रही थीं...सर के भीतर एक अव्यक्त हलचल के चलते उनके लिए वहाँ खड़े रह पाना कठिन हो गया और वे तेज कदमों से अपने कमरे में चली आईं।

छोटू ऑफिस के लिए निकल ही रहा था कि उन्होंने पूछा, "छोटू, तू ऑफिस के दौरे पर इलाहाबाद जानेवाला था न ?"

"हाँ, जिज्जी, कल ही जा रहा हूँ। रिजर्वेशन हो गया है।"

उन्होंने भरे हुए स्वर में कहा, "मेरा एक काम करेगा ?"

छोटू तपाक से बोला, "वही इलाहाबादवाली आपकी सहेली की खोज-खबर लानी है न ?"

"नहीं, जरा रुको।" कहकर वे अपने कमरे में गईं और गीता के छठे अध्याय को जैसे ही उन्होंने खोला, कागज की तह में 'सोनपत्ती' ठीक वैसी ही

रखी हुई मिली, चुपचाप अपनी अहमियत को अपने में समेटे, अपने पुरानेपन के आभिजात्य के साथ। पल-भर उन्होंने सोनपत्ती को बड़े ममत्व से देखा, हलके से छुआ, पुनः उसे उस कागज की तह में सहेजा ओर बाहर आकर छोटू को सौंपते हुए बोलीं, "त्रिवेणी जरूर जाना और इसे वहाँ विसर्जित कर देना।"

छोटू ने पूछा, "इसमें क्या है जिज्जी ?"

उनके स्वर में जाने कहाँ से फिर वही तटस्थता के भाव आ गए, "क्या तुझे हर बात बतानी जरूरी है... !"

वृत्त से बाहर

अचानक उसे लगा, हैंडबैग के भीतर रखा मोबाइल वाइब्रेट हो रहा है। चूँकि ऑफिस सुपरिंटेंडेंट उसी हॉल में बैठते हैं, उनकी नजर बचाकर उसने धीरे से मोबाइल निकाला और कॉलिंग नम्बर देखकर कॉल कैंसिल करने का बटन दबा दिया। अब तक तीन बार इसी नम्बर से फोन आ चुके हैं। तीनों ही बार सविता ने कॉल कैंसिल कर दिया।

वैसे कॉल कैंसिल करने के बाद भी मन अशान्त ही रहा। जब से रजत के साथ उसके सम्बन्ध में एक नया आयाम जुड़ा है, तब से दिन में कम-से-कम दो बार तो रजत फोन पर बात कर ही लेते हैं।

अब तक सविता के सम्बन्धों का दायरा शहर के कोने-कोने तक विस्तृत हो गया था। इन सम्बन्धों में अधिकांशतः उसके ग्राहक थे। बहुत कम लोगों को उसने घर का नम्बर दिया था। ग्राहकों के सम्पर्क करने का समय है छह से आठ बजे शाम। जिन चन्द लोगों को उसने घर का फोन नम्बर दिया है, वे उसे घर पर या तो दफ्तर के लिए निकलने के पहले फोन करते हैं या फिर रात आठ बजे के बाद।

सविता ने स्वयं ही ध्यान दिया है, जब भी उसके मुँह से 'घर' शब्द उच्चरित होता है, वह इस शब्द पर कुछ अधिक जोर देती रही है। लेकिन पहले ऐसा नहीं लगता था। रजत ने ही एक दिन उसका ध्यान इस ओर आकर्षित किया था कि उसके मन-मस्तिष्क में 'घर' शब्द बहुत गहरा पैठ गया है।

रजत ने कहा था, "दुनिया के सभी मनुष्य अपने निजी 'घर' का सपना देखते हैं। लेकिन मजे की बात यह है कि 'घर' महज ईंट और सीमेंट से नहीं बनता, घर में रहनेवाले लोगों से 'घर' बनता है। तुम्हारा एकान्त तुम पर ज्यादा हावी हो गया है, इसलिए तुम क्रमशः घर बुनने की बात नहीं सोचती हो। सम्भवतः इसी बिन्दु पर तुम गलत हो।"

अप्रत्याशित रूप से कही गई रजत की यह बात सुनकर सविता थोड़ी देर के लिए अचकचा गई थी। फिर उसने उत्तर दिया था, "कभी-कभी तुम्हारी ये गम्भीर बातें मेरी समझ के बाहर चली जाती हैं। तुम जानते हो कि मैं जहाँ रहती हूँ, वे मेरे रिलेशन में अवश्य हैं, पर मैं उनकी पेइंग-गेस्ट हूँ। मेरे पास कोई खास क्वालिफिकेशन भी नहीं है। फिर, ले-देकर जो यह अस्थायी नौकरी मिली है, पता नहीं कब स्थायी होगी। पेट के संघर्ष में मैं बहुत कम उम्र से जूझ रही हूँ। इस अस्थायी नौकरी से नाममात्र को ही सुकून मिला है। तुम नहीं समझोगे, मेरे लिए अपने एक घर का महत्त्व कितना है !"

सविता की बातों से रजत कुछ अनमने हो गए थे और शायद अनजाने में ही बोल पड़े थे, "तुम्हारी जैसी परिस्थिति में आज बेशुमार लड़कियाँ जी रही हैं। तो क्या वे भी अर्थाभाव दूर करने के लिए वही रास्ता चुन लें, जो तुमने चुना है ?"

सविता को शायद इस तरह के संवाद की अपेक्षा नहीं थी। उसे अच्छा नहीं लगा। पर दूसरे ही पल उसने सोचा था कि रजत को इस सीमा तक पहुँचने का अधिकार तो उसने खुद ही दिया है। कुछ महीने पहले तक वे भी उसके एक ग्राहक मात्र थे। उनमें और दूसरे ग्राहकों में फर्क सिर्फ इतना था कि वे कुछ अधिक विनम्र, सभ्य और अन्तर्मुखी थे। वे दूसरे शहर में रहते थे। दफ्तर के काम से कभी-कभी यहाँ आते थे। उसी समय सविता से फोन पर बात भी करते थे। यही रुटीन था।

अचानक एक दिन रजत बोल पड़े थे, "इस तरह तुमसे मिलना मेरे भीतर एक अपराधबोध को जन्म दे रहा है। मेरे भीतर संस्कारों से घिरा जो मनुष्य है, वह जैसे डर से सिकुड़ जाता है। बेहतर होता, यदि तुम मेरे जीवन से जुड़कर मेरे साथ रह पातीं। तब शायद मैं ज्यादा सहज हो पाता और हमारे इस सम्बन्ध में गर्माहट को महसूस कर पाता।"

सविता के भीतर पिघलता हुआ इस्पात जैसे फिर ठंडा होकर कठोर हो गया था। शुष्क स्वर में उसने उत्तर दिया था, "तुम्हारे भीतर क्या इतनी हिम्मत है ? क्या हमेशा के लिए मुझे अपना सकते हो ?" सम्भवतः इसी एक वाक्य ने रजत के नीतिवाचक सोच को झकझोर कर रख दिया था।

उसी समय एकान्त में उन्होंने सविता से एक सेफ्टीपिन माँगकर अपनी उस उँगली को पिंच कर लिया था और जो थोड़ा-सा रक्त उँगली पर उभरा था, उससे सविता की माँग भरकर कहा था, "आज से तुम मेरी हो।"

पल-भर के लिए सविता स्तब्ध रह गई थी। शरीर भी शायद काँप गया था। यह सब इतना अप्रत्याशित हुआ कि सविता सँभल भी नहीं पाई थी। लेकिन इसके बावजूद उसने रजत की ओर कुछ प्रश्न उछाल दिए थे, "तुम तो हर-हमेशा मेरे पास नहीं रहोगे। यहाँ तुम रोज नहीं आ सकते। तुम्हारी अपनी एक दुनिया है। तुम्हारी एक पत्नी है, बच्चे हैं। उनसे मैं तुम्हें छीनना नहीं चाहती।" थोड़ा रुककर वह फिर बोली थी, "इस तरह की बचकानी हरकत यदि न भी करते, तो क्या हो जाता ?"

सविता की गोद में अपना सिर रखकर रजत ने रुँधे हुए गले से कहा था, "यह बचकानापन नहीं। मैंने जो किया, पूरे मन से किया है।"

देर तक वे परस्पर कुछ नहीं बोल सके थे। अचानक सिर उठाकर सविता ने जब उनकी ओर देखा, तो वह उनकी आँखों में नमी देखकर आश्चर्यचकित हो गई थी। ऐसी हालत में कोई दूसरी लड़की होती, तो पिघल जाती। लेकिन पेट के लिए लम्बे संघर्ष के बाद सविता के भीतर एक लौह तत्त्व ने जन्म ले लिया था, जिसमें उस क्षण और कठोरता आ गई थी। उसने कहा था, "ऐसा ही होता है। भावुकता में की गई मूर्खता के लिए लोग इसी तरह अनुतप्त होते हैं और रोते हैं। लेकिन दरअसल इन आँसुओं की आड़ में वे अपने-आपको बहुत निरीह जताना चाहते हैं। एक तरह से कहना चाहते हैं कि फँस गए।"

प्रत्युत्तर में रजत पहले तो चुप रह गए थे और लेटे हुए उनके शरीर में कुछ कम्पन-सा हुआ था। फिर थके हुए स्वर में उन्होंने बस इतना कहा था, "यानी तुमने मुझे इतना ही समझा है ?"

उसी दिन से सविता के दैनन्दिन जीवन ने एक अलग मोड़ लिया और उसके भीतर एक पृथक सत्ता ने जन्म लेना प्रारम्भ किया। इस शहर में उसके कई ग्राहक थे। वे उसकी देह की खूब तारीफ करते, अच्छी कीमत भी अदा करते। किन्तु उस घटना के बाद हुए भीतरी परिवर्तन की सत्ता अचानक जाग जाती और तब वह सिकुड़-सी जाती। वह कभी तो ग्राहकों के बुलावे पर पहले की तरह चली

जाती और कभी बड़ी बेरहमी से उन्हें वापस लौटा देती।

उसी की तरह सेक्स वर्कर के रूप में काम कर रही एक लड़की है लेखा, जिससे उसकी खूब पटती भी है। उसने कहा था, "सविता, तू गलती कर रही है। मानती हूँ, किसी-किसी माह में हमारी कमाई बीस-तीस हजार तक पहुँच जाती है। लेकिन जब इस देह का रस निचुड़ चुका होगा, तब यही जमा-पूँजी हमारे काम आएगी। रजत की तरह ढेर सारे लोग हैं जो हमेशा इस धन्धे की लड़कियों को भी अपनी व्यक्तिगत सम्पत्ति बनाने के चक्कर में रहते हैं। दरअसल यह पुरुषों का स्वभाव ही है। वे अपनी पत्नी के अलावा जहाँ मुँह मारते हैं, उसे भी अपनी ही सम्पत्ति बनाकर रखना चाहते हैं। खूब पहचान है मुझे ऐसे ऐय्याश लोगों की।"

सविता लेखा के साथ बहस में थक-सी जाती। जब पिताजी और माँ जीवित थे, तब उसे केवल पिताजी से ही बहस करने का मन होता था, क्योंकि पिताजी दरअसल बहस नहीं करते थे बल्कि बहुत ज्यादा सहिष्णु होकर बातों को समझा देते थे। अमूमन बहसों में न तो उतना धैर्य होता है, न ही सहिष्णुता। ज्यादातर बहसें आक्रामक होती हैं। वह लेखा गुप्ता की बहस को भी आक्रामकता की श्रेणी में रखती थी।

अचानक माँ-पिताजी एक सड़क दुर्घटना में एक साथ चल बसे थे। तब से ही वह जीवित रहने की लड़ाई में सड़कों पर उतर आई थी। सड़कों पर आने के बाद उसे लगा था कि इस दुनिया में एक अकेली लड़की की देह ही उसके लिए सबसे बड़ी समस्या है। लेकिन समय के साथ उसे भान हुआ कि इसी देह को यदि ढंग से उपयोगा जाए, तो पुरुषों की यह दुनिया देह के मैल को भी अपनी जीभ से साफ करने के लिए तैयार हो जाती है। ज्यों-ज्यों वह देह-व्यापार में डूबती गई, उसे स्वयं लगने लगा था कि उसके भीतर एक पशुनुमा अहसास नख और दाँत के साथ क्रमशः परिपक्व होने लगा है। इस बात के लिए वह ईश्वर को धन्यवाद जरूर देती कि इन परिस्थितियों में भी मर-खपकर प्राइवेट परीक्षा देते हुए उसने लोअर सेकेण्ड डिवीजन में हायर सेकेण्डरी कर ली थी। फिर इस अस्थायी नौकरी में आने के बाद ग्रेजुएशन भी।

मोबाइल को उसने अब तक वाइब्रेशन मोड में रखा था, लेकिन अब रजत के लगातार फोन से परेशान होकर पूरी तरह ऑफ कर दिया। हालाँकि यह मोबाइल भी रजत ने ही उसे दिया है। पिछले कुछ महीनों से वे ही उसका सारा खर्च वहन कर रहे हैं, मगर लाख कोशिश कर लें रजत, सविता अपने व्यावहारिक दृष्टिकोण

से तिल-भर भी हटनेवाली नहीं है। पता नहीं, रजत इस बात को जानते हैं या नहीं कि उसके दिए इस मोबाइल से विभिन्न ग्राहकों के साथ सम्पर्क साधना कितना आसान हो गया है। सचमुच बड़े विचित्र हैं रजत। प्रतिदिन दो-तीन बार तो वे फोन पर बात कर ही लेते हैं। रोज-रोज बात करने के लिए विषय भी कोई खास नहीं होता। बस, थोड़ी देर बात भर कर लो, उन्हें सन्तुष्टि मिल जाती है।

वे अक्सर कहते, "जब मुलाकात होना सम्भव नहीं, तब टेलीफोन पर यह बातचीत ही मेरे लिए ऑक्सीजन है।"

सविता जरूरत के मुताबिक अपने स्वर को बहुत नरम कर लेती। इसका उसे अच्छा अभ्यास है। उसे पता था, स्वर की यही नरमी रजत के अवयवों को काफी कुछ सन्तुष्टि दे जाती है।

इस धन्धे की अन्य लड़कियों की तरह सविता भी अपने स्वयं के 'घर' के लिए उतावली हो गई थी। वैसे इस धन्धे की लड़कियाँ एक ऐसे पैसेवाले ग्राहक की तलाश में रहती हैं, जो इस महँगे शहर में उनके लिए एक फ्लैट का बन्दोबस्त कर दे—यह जानते हुए भी कि ऐसा ग्राहक मिलना बहुत कठिन है। टुकड़ों-टुकड़ों में मोटी रकम देकर किसी लड़की को स्थायी तौर पर बाँधे रखनेवाले तो काफी लोग हैं, मगर एकमुश्त पैसा देकर फ्लैट की व्यवस्था कर देना हर किसी के बूते की बात नहीं है। सविता यह भी जानती है कि कोई लड़की नैतिक रूप से इस तरह बँधी भी नहीं रहती। अवसर मिलते ही वह दूसरे ग्राहकों को भी सन्तुष्ट करती रहती है।

उसकी एक और सहेली चित्रा का तो स्लोगन ही था, "इस चमड़े पर कहीं कोई दाग नहीं लगा रहता, वैसे ही जैसे मेरे दाँतों को देखकर कोई नहीं बता सकता कि मैंने दिन में कितनी बार सैण्डविच खाई है। इन पुरुषों को मैं अच्छी तरह पहचानती हूँ। इधर मुझे बाँधे रखेंगे और उधर दूसरे शहर में किसी और के साथ ऐश करेंगे। क्या ईमानदारी सिर्फ लड़कियों के ही हिस्से में है ? पुरुषों के लिए क्या कोई नैतिकता नहीं है ?"

सविता भी विचलित हो जाती थी। इस धन्धे की दूसरी लड़कियों की माह-भर की कमाई के आँकड़े सुनकर उसके भीतर का पशु भी जाग जाता। लेकिन हर बार जब भी रजत मिलते, उसे समझाते ही रहते, "जानती हो, औरतों को ये सारे पुरुष क्यों ठग लेते हैं ? इसलिए कि औरतें अपने ऊपरी वजूद को ज्यादा खर्च कर लेती हैं, जबकि जरूरी है मानसिक तौर पर अपने को उन्नत बनाना। उसी दिशा में तुम्हें सोचना होगा। जब खाली वक्त रहे, अच्छी पुस्तकें पढ़ो। अपनी मानसिक सम्पन्नता के बल पर ही एक छोर का मनुष्य दूसरे छोर

के मनुष्य के साथ अटूट सम्बन्ध गढ़ सकता है।"

वे आगे कहते, "सविता, मैं देह की पवित्रता की बात नहीं करता। यह प्रश्न मेरे लिए भी निरर्थक है और तुम्हारे लिए भी। लेकिन इस वृत्त से बाहर जो दुनिया है, वहाँ हमारी मानसिक सम्पन्नता ही हमें सिर ऊँचा करके जीने की शक्ति प्रदान करती है। मनुष्य को अँधेरे से, गन्दगी से खींचकर बाहर निकालनेवाली यह मानसिक ताकत ही है और इस ताकत के मूल में है सघन प्यार।"

कभी-कभी रजत इतने भावुक हो जाते कि वह कह पड़ते, "इतनी अच्छी लड़की हो तुम, इस लाइन में कैसे आ गईं ?" सुनते ही सविता तपाक से जवाब देती, "यदि मैं इस धन्धे में न होती, तो तुम्हें कैसे मिलती ?" जब-जब सविता ऐसा कहती, रजत को उसकी बात में कोई नुकीली-सी चीज चुभती हुई लगती, पर वे कुछ कहते नहीं थे।

सविता को अक्सर चित्रा की बातें याद आतीं, "अच्छा, तू यह बता कि यह जो तेरा ग्राहक रजत है, अचानक उसे प्यार-व्यार के खेल खेलने की क्या सूझी ? तू ही बता, तेरे इस भरे-पूरे जवान शरीर से परे क्या वह तुझे प्यार कर सकता है ?''

सविता इसका कोई उत्तर न देती। पता नहीं क्यों, वह इस बिन्दु पर रजत की तुलना दूसरों ग्राहकों से न कर पाती। रजत ने उससे कभी कुछ छिपाया नहीं था। जबसे वह उनके जीवन में स्थायी तौर पर आई, उन्होंने बारम्बार एक ही बात कही कि उन्हें कोई शारीरिक प्यास नहीं बल्कि प्यार की भूख ही उसकी ओर खींच लाई है। उन्होंने गलती से भी किसी दिन अपनी पत्नी की बुराई नहीं की। नहीं तो लोग अक्सर दूसरों का प्यार पाने के लिए अपनों की बुराई कर लेते हैं।

जब भी रजत अपने और सविता के बीच उम्र के फासले की चर्चा करते, सविता तरह-तरह के तर्क देकर उन्हें निरुत्तर कर देती। दिलीपकुमार से लेकर पण्डित रविशंकर तक के उदाहरण वह सामने रखती। प्रत्यक्ष तौर पर वह कहती, "मेरे लिए दरअसल उम्र की दूरी कोई फैक्टर नहीं है।" पर मन-ही-मन कहती, 'इस धन्धे में ज्यादातर लड़कियाँ उम्रदराज ग्राहकों को पसन्द करती हैं, क्योंकि वे नारी-देह के व्याकरण को अच्छी तरह समझते हैं और पशुओं की तरह पेश नहीं आते बल्कि संगीत की तरह विलम्बित लय में शरीर के साथ खेलते हैं।'

सच और झूठ के बीच एक बहुत महीन-सी पार्थक्य रेखा होती है। इस लाइन में आने के बाद वह पार्थक्य रेखा भी कब अपना अस्तित्व खो चुकी थी, सविता को पता ही नहीं चला। इन दिनों जब भी रजत उसके साथ रहते, वह काफी सतर्क रहती। झूठ पर वह इतनी बार पॉलिश लगा चुकी होती थी कि

उसका कोई छोर भी रजत बाबू की पकड़ में न आता। वैसे कहावत यह है कि एक झूठ को ढाँपने के लिए दस झूठ बोलने पड़ते हैं, जो अक्सर पकड़े भी जाते हैं। किन्तु अभिनयपटु सविता के झूठ को पकड़ पाना आसान नहीं था। पहली बार पैसों के लिए उसने अपनी देह किसी को सौंपी थी, तो घर लौटकर इतना रोई थी कि तकिए का हिस्सा गीला हो गया था। रो-धोकर जब वह थक गई थी, तो रात में पाँच-पाँच बार नहा लेने के बाद भी उसे लगता रहा था कि शरीर में चिपकी गन्दगी अभी दूर नहीं हुई है। दूसरे दिन आईने में अपने को देखकर उसे लगा था कि जिसे वह देख रही है, उसे पहचानती तक नहीं। पिताजी और माँ के लाड़-प्यार में पली वह छोटी-सी सविता और इस सविता में कहीं कोई मेल नहीं था। एक अस्थायी नौकरी मिल गई थी, इसलिए शायद वह अब तक जिन्दा थी। जिन्दा रहने के अलावा भी तो बहुत कुछ चाहिए और सुख-सुविधाओं की उन्हीं छोटी-मोटी माँगों ने उसके पाँव इस दिशा में खींच लिये थे।

उसे आज तक याद है कि उसे पहली बार जूठा करनेवाला भी एक अधेड़ ही था, लेकिन उसकी देह के साथ उसका व्यवहार निहायत जानवरों जैसा था। उस अधेड़ के चेहरे पर उसने एक पाशविक तृप्ति को पढ़ लिया था। तब से न जाने क्यों उसकी व्यक्तिगत तृप्ति के अहसास को ग्रहण लग गया था। हाँ, यह सच था कि रजत साथ होते, तो उसकी देह भी बोल-बतिया लेती।

वह रोजाना कसरत करती ताकि देह पर कहीं चर्बी न जम जाए। अपनी कमाई का एक हिस्सा वह शरीर के रख-रखाव पर खर्च करती। उन लोगों के बीच यह देह-दान 'एसाइनमेंट' कहलाता था। परिवार के सदस्य समझते कि वह मॉडलिंग कर रही है। यदि वे थोड़े भी सचेत होते, तो यह पता करने में उन्हें देर न लगती कि वह कैसी मॉडलिंग है, जहाँ मॉडल की कहीं कोई तस्वीर न छपती है, न दिखती है, सिर्फ पैसे मिलते हैं।

पहले सब कुछ अपनी तरह से ठीक-ठाक था, लेकिन उस दिनचर्या का छन्द तब टूटा, जब रजत उसकी जिन्दगी में आए। वैसे सविता ने अपने जीवन की मूल धारा को बदला नहीं था, लेकिन रजत के पास रहते हुए और उनके चले जाने के बाद कुछ दिनों तक जाने क्यों वह थोड़ी-सी बदल जाया करती थी। उन दिनों वह किसी 'एसाइनमेंट' में न जाती। कुछ दिनों के लिए ही सही, संयमित और सुगन्धित-सी हो जाती। पर यह अहसास ज्यादा दिन तक नहीं रहता था। वह फिर से अपने पुराने छन्द में लौट आती। इन थोड़े दिनों के बदलाव की अवधि को सविता ने 'संग-दोष' का नाम दिया था।

उन दिनों अक्सर वह रजत को टोंचती रहती, "तुमने तो अपने परिवार के

लिए काफी व्यवस्था कर रखी है। लेकिन अचानक यदि तुम्हें कुछ हो जाए, तो मैं कहाँ जाऊँगी ? तुम्हारे परिवार से मैं हिस्सा माँगने तो नहीं जा सकती न ! इस शहर में सिर छिपाने के लिए मेरे पास क्या है ? क्या तुम मेरे लिए एक फ्लैट की व्यवस्था नहीं कर सकते ?"

सविता ने ध्यान दिया था, जब भी वह ऐसा कहती, रजत कुछ अस्थिर-से हो जाते, "फ्लैट खरीदने के लिए ढेर सारे पैसे चाहिए। अपनी कमाई का आधा तो मैं तुम्हारे ऊपर खर्च करता हूँ और आधे से मेरा परिवार चलता है। मैं कोई व्यापारी या सेठ नहीं, जो अपनी काली कमाई से इतने पैसे अचानक ला दूँ। अवैध तरीके से मैं एक पैसा नहीं कमाता हूँ।"

उत्तर सुनकर सविता के होंठों तक यह बात आते-आते रह जाती थी, 'लेकिन अवैध सम्बन्ध रखने में तो तुम्हें कोई दिक्कत नहीं ?' पर वह प्रत्यक्षतः कुछ नहीं कहती थी। वह सोचती, क्या पता यह भावुक व्यक्ति ही किसी दिन उसके सपनों का नीड़-निर्माण कर दे।

कुछ बनावटी स्वर में वह कहती, "तब रहने दो, घर बने चाहे न बने, इसके लिए तुम चिन्तित मत होना।" लाख कोमलता से कही गई यह बात रजत के भीतर वही असर करती, जो सविता मन-ही-मन चाहती थी।

रजत उतावले-से हो जाते, "तुम्हें मेरी कसम है, सविता, अब उस गन्दे रास्ते पर कभी मत लौटना। उस रास्ते पर चलकर कभी किसी को सुकून नहीं मिला। मैं जब तक जिन्दा हूँ, मुझसे जितना बन पड़ेगा, मैं तुम्हारे लिए करूँगा। यदि तुम किसी से शादी करना चाहो, तो पूरा खर्च मैं वहन करूँगा।"

सविता प्रत्युत्तर में गम्भीर बनने की कोशिश करती, "तुम्हारे रहते मैं किसी और से भला क्यों शादी करूँगी ?" लेकिन मन-ही-मन कहती, 'मेरी समझ में नहीं आता, यह आदमी किस किस्म का आदमी है, जो एक देह-व्यापार में लिप्त लड़की से अपने को इस कदर जोड़े हुए है, ऊपर से उसे मुक्त करने का रास्ता भी दिखलाता है। इतनी क्लिष्टता न होती और रजत सहज रूप से सिर्फ एक ग्राहक बने रहते, तो ज्यादा अच्छा होता, क्योंकि वह भी कोई सती-सावित्री नहीं है। जिस दिन रजत को पता चलेगा कि समानान्तर रूप से वह दूसरे ग्राहकों को भी सन्तुष्ट करती जा रही है, तब ?'

सविता के सामने बस एक ही लक्ष्य था, येन-केन-प्रकारेण एक फ्लैट प्राप्त करना। उसकी अपनी कमाई से यह सम्भव नहीं था। दूसरे, सविता यह भी जानती थी कि इस घर को लेकर रजत के मन में भी काफी दबाव बना हुआ है। इस विचित्र सुधारवादी व्यक्ति के मन में यह भय घर कर गया था कि यदि सविता

का घर नहीं बना, तो वह फिर उस गन्दे रास्ते पर लौट जाएगी और वह हार जाएगा। सविता हँसती, 'कैसा है यह रजत, जो अपने परिवार को तो छल ही रहा है, एक देह-व्यापार में लिप्त लड़की को गृह-वधू की तरह देखने के लिए भी मरा जा रहा है।'

इस धन्धे में सभी ग्राहक लड़कियों से उनके अतीत के विषय में सवाल करते हैं। लड़कियाँ भी ऐसे स्टीरियोटाइप सवाल सुनने की इतनी अभ्यस्त हो चुकी होती हैं कि वे न केवल बड़े सलीके से सच में झूठ मिलाकर अपनी कहानी को सजाती हैं, बल्कि अभिनय भी करती जाती हैं। दुख और तकलीफ के हिस्से को खूब बढ़ा-चढ़ाकर बताती हैं ताकि ग्राहक अधिक प्रभावित हो। उसे लगता है कि यह सब सुनते हुए, ज्यादातर ग्राहक उस समय स्वयं को मुक्तिदाता के रूप में आँकने लगते हैं और तृप्त होते हैं। सविता को लगता कि पुरुष आज तक शरच्चंद्रीय दृष्टिकोण से अपने को मुक्त नहीं कर पाया। उसे कहानी गढ़ने में अधिक रुचि नहीं थी। लेकिन अभिनयवाले हिस्से को वह पूरी दक्षता से निभाती। रजत के उपदेश, भाषणबाजी और अच्छाई की लगातार तरफदारी से वह दबाव महसूस करने लगी थी और तकरीबन बोर भी हो चुकी थी।

सविता देवी-देवता भी खूब मानती थी। जब-जब रजत उपनगर से एक-दो दिन के लिए शहर में आते, सविता उनके साथ रहती। तब वह अपने इष्ट देवता को अपने बैग में रखकर ले आती। सुबह-शाम, रात-दिन, सोने से पहले और जागने के बाद उसे इष्ट देवता की पूजा करते देखकर एक दिन रजत बोल पड़े थे, "ईश्वर तो सब कुछ जानते हैं न, वे तो तुम्हारी पूरी खबर रखते होंगे। यह तुम्हारा देह-व्यापार क्या उन्हें भाता होगा ?"

सविता के भीतर जैसे एक विस्फोट हो गया था। तीखे स्वर में उसने उत्तर दिया था, "जब डकैत डकैती डालने जाते हैं, तो पहले काली माँ की पूजा करते हैं। क्या काली माँ उनकी पूजा लौटा देती है ?" उस घटना के बाद फिर कभी रजत ने इस बात की चर्चा नहीं की थी। सविता सोचती, 'क्या रजत बाबू को अपने जीवन में इतने भीतर तक प्रवेश देकर मैंने गलती की है ? क्या फिल्मी तरीके से माँग में खून की एक बूँद डाल देने से कोई अपना बन जाता है ? इस तरह के सम्बन्धों को भला कितने दिन तक जीवित रखा जा सकता है ? जो व्यक्ति पूरे महीने में कभी-कभी ही उसके पास आता है, क्या उसके साथ सारा जीवन गुजारा जा सकता है ?"

जब भी वह अकेली होती, यक-ब-यक हँस पड़ती। उसे यह सब गुड्डे-गुड्डी के खेल जैसा लगता। बावजूद इसके, पता नही क्यों, वह रजत को

बेवकूफ की श्रेणी में न रख पाती। रजत और अपने सम्बन्धों के बारे में ज्यादा सोचने पर वह पिघलने लगती थी। ऐसे समय में वह अपने-आपसे पूछती भी, 'पारम्परिक संस्कार के लिए क्या मेरे भीतर अभी भी कोई आस्था शेष है ?'

मन में इस प्रश्न के जागने के साथ ही वह अपने-आपको सतर्क करती, 'यह सोच का कीड़ा एक बार गलती से भी जेहन में प्रवेश कर गया, तो फिर सब कुछ समाप्त हो जाएगा।' वह रजत को समझा ही न पाती कि इस धन्धे में रहकर पूर्णतः गृहस्थ होना किसी प्रकार भी संभव नहीं है। यह एक ऐसा वृत्त है, जिसके बाहर निकलने की तमाम कोशिशें बेकार चली जाती हैं। कोई भी इस वृत्त से बाहर नहीं जा पाता। मस्तिष्क में कुलबुलाती इन तमाम चिंताओं को वह झटक देना चाहती और सोचती, 'जब तक चले, यूँ ही चलने दिया जाए। इस बीच बस किसी तरह फ्लैट बन जाए, तो फिर कोई चिन्ता नहीं।'

आदतन वह रजत की हर विजिट में फ्लैट की बात को घुमा-फिराकर सामने ले ही आती। जब भी ऐसा होता, रजत के शान्त चेहरे पर एक लहर-सी तैर जाती और वे अनमने-से हो जाते। तब सविता अपनी काम-क्रीड़ा की दक्षता का उपयोग करती और रजत को वापस छन्द में लौटा लाती। कभी-कभी तो इस विचित्र किस्म के व्यक्ति को समझना ही मुश्किल हो जाता। शरीर से खेलते हुए जाने कब वे शास्त्रीय मिजाज में लौट जाते। ऐसे ही किसी दिन तृप्ति की साँसें लेते हुए वे बोल पड़े थे, "सेक्स के विषय में तुम्हारा एप्रोच अत्यधिक प्रोफेशनल किस्म का है।"

उस दिन सविता ने अपने गुस्से को रोका नहीं था, "क्या करें, आजकल तो प्रोफेशनलों का ही युग है न ! थोड़े समय के सुख के लिए भी ग्राहक ऊँची कीमत यूँ ही तो नहीं देगा। सच कहूँ तो इस धन्धे में प्रोफेशनल होना ज्यादा जरूरी है। मेरी समझ में यह नहीं आता कि तुम मेरे भीतर अपनी पत्नी को क्यों तलाशते रहते हो। मैं अपनी जगह हूँ, वह अपनी जगह हैं। वहाँ भी तुम्हें कोई कमी नहीं है। तब फिर तुम इस अतिरिक्त सुख के झंझट में क्यों पड़ गए ?"

रजत का मूड खराब हो गया था। देर तक वे लेटे रहे थे और कोई कुछ नहीं बोला था। सविता ने तब स्वयं को मन-ही-मन डाँटा था, 'यह सब कहने की क्या जरूरत थी ? जो व्यक्ति तुम्हारे लिए इतना चिन्तित रहता है, पैसे वगैरह की कमी भी नहीं होने देता, उसे खामखा गुस्सा दिलाने से क्या मिला ?'

दफ्तर में फाइलों को उलटते-पलटते सविता देर तक यही सोचती रही। कभी वह

भावुक होकर पिघलने लगती, तो कभी अभाव के दिनों में उसके भीतर जनमी पशुता पूरी तरह जाग उठती और तब वह कुछ वायलेंट हो जाती। कई बार चित्रा ने उसे टोंचा भी था, "सविता, अपने पर कन्ट्रोल रख। इस तरह वायलेंट होगी, तो ग्राहक तेरे पास नहीं आएगा। ये सारे लोग एक मोटी रकम देकर अतिरिक्त सुख खरीदते हैं। अपनी इस पशुता को तू अभिनय से ढाँपे रख। ऐसे मिजाज तो सिर्फ पटरानियों को ही शोभा देते हैं, हम लोगों को नहीं।"

मोबाइल ऑफ कर देने के बाद भी सविता के मन का विचलन कम नहीं हुआ। वह सोचने लगी, 'कई हफ्तों से रजत आए नहीं, न उन्होंने फोन किया और न इस महीने का खर्च भेजा। अब दनदनाते हुए फोन कर देने मात्र से क्या मेरी पैसे की जरूरत मिट जाएगी ?' यह सवाल करते हुए सविता का स्वार्थी मन स्वयं ही कह उठा, 'भाड़ में जाए !'

आज की रात के लिए उसने थुलथुल-देही कैमिस्ट को हाँ कर दी थी। यह आदमी उसका पुराना ग्राहक है। शरीर की नस-नस को अवश्य निचोड़ लेता है, पर पैसे काफी देता है।

मोबाइल को फिर से ऑन करने के कुछ देर बाद फिर उसी नम्बर से कॉल आया। सविता दफ्तर के कमरे से बरामदे में चली आई और पहली बार उसने फोन रिसीव किया। बड़ी मद्धिम आवाज में रजत बोल रहे थे, "मैं एक नर्सिंग होम से बोल रहा हूँ। पिछले पन्द्रह दिनों से यहाँ हूँ। परसों डिस्चार्ज हो जाऊँगा। अगले सप्ताह तुम्हारे पास पहुँच रहा हूँ। तुम्हारे लिए एक सरप्राइज भी है।"

अभी तक का गुस्सा जैसे फुर्र हो गया। वह चिन्तित हो गई, "नर्सिंग होम में भर्ती क्यों थे ? क्या हो गया था तुम्हें ?" उस छोर से तुरन्त कोई उत्तर नहीं मिला। कुछ अन्तराल के बाद रजत बोले, "कुछ नहीं, अपेंडिसाइटिस का ऑपरेशन हुआ है। पहले डॉक्टर तय नहीं कर पा रहे थे कि दरअसल अंपेडिसाइटिस है भी या नहीं। पाँच-सात दिन इसी ऊहापोह में निकल गए। पर अब सब ठीक है। कोई चिन्ता नहीं। अगले सप्ताह अवश्य आ रहा हूँ।"

एक झटके में उस छोर से टेलीफोन रखने की आवाज हुई। सविता की उत्सुकता जैसे कई गुना बढ़ गई। उसे लगा, सचमुच रजत को वह आज तक समझ नहीं पाई है। पिछले बीस-पच्चीस दिनों से उनकी कोई खोज-खबर न होने के कारण वह भीतर-ही-भीतर उबल रही थी, लेकिन अब उसे अपने इस गुस्से पर खुद ही शर्म आने लगी। बेचारे शारीरिक तकलीफ में थे और मैं बिना सब जाने-समझे अपने गुस्से को पोस रही थी। उसने तुरन्त उस कैमिस्ट का नम्बर मिलाया और जैसे ही उस छोर से हैलो की आवाज आई, उसने कहा, 'हैलो मिस्टर

कनोरिया, आज का एसाइनमेंट कैंसिल। आज आना सम्भव नहीं होगा।"

सोमवार के दिन सुबह-सुबह मोबाइल बाइब्रेट होने लगा। रजत का फोन था। एक वाक्य का संदेश, "ठीक तीन बजे रवीन्द्र भवन के मेन गेट पर पहुँचो।" इसके साथ ही उन्होंने फोन रख दिया।

सविता को यह अच्छा नहीं लगा। जो व्यक्ति फोन पर लगातार बातें करते न थकता हो, वह क्या थोड़ी देर और बात नहीं कर सकता था? इस तरह झटके से फोन काट देने की हड़बड़ी क्यों ? फिर वह अपनी लेट-लतीफी के बारे में सोचने लगी। क्या वह नियत समय पर पहुँच पाएगी ? लेकिन जैसे ही ढाई बजे, उसका स्वयं पर से नियन्त्रण जाता रहा। उसने सेक्शन ऑफिसर से तबीयत खराब होने का बहाना बनाया और दफ्तर से निकलकर रवीन्द्र भवन के लिए टैक्सी ली।

सविता ने दूर से ही देखा कि रवीन्द्र भवन के मेन गेट पर धूप से बचने के लिए टोपी पहने रजत खड़े हैं। ऐसा लगा, जैसे अचानक उनकी उम्र में कुछ वर्षों का और इजाफा हो गया। पहले से कमजोर भी हो गए हैं। पास पहुँचने पर उन्होंने कहा, "बहुत विलम्ब हो गया। तुरन्त प्रॉपर्टी डीलर के पास पहुँचना है। कुछ कागजात पर तुम्हारे हस्ताक्षरों की जरूरत है।"

सविता के मन में आकांक्षा का समुद्र जैसे उफान पर आ गया, 'तब क्या सचमुच... ?'

प्रॉपर्टी डीलर के पास जाते वक्त टैक्सी में उसके और रजत के बीच स्वास्थ्य सम्बन्धी थोड़ी-बहुत पूछताछ के अलावा कोई अधिक बात नहीं हुई। सविता भी जाने क्यों ज्यादा बात करने की मनःस्थिति में नहीं थी। शाम तक कचहरी की कार्यवाही भी पूरी कर ली गई।

फ्लैट की ओनरशिप के कागजात पर दस-बारह ज़गह सविता के हस्ताक्षर हो जाने के बाद रजत ने उन्हें एक प्लास्टिक फोल्डर में भरकर एयर इंडिया के महाराजा की तरह झुकते हुए सविता के हाथों में थमा दिया। उस क्षण सविता इतनी अभिभूत हो गई कि साधारण सौजन्य प्रदर्शित करने के लिए भी उसके मुख से बोल नहीं निकला। एक-डेढ़ मिनट के लिए उनके बीच मौन छाया रहा। सविता की आँखों की कोरों पर आँसुओं का गीलापन छलक आया था। आहिस्ता से उसने रजत के हाथों को अपने हाथों में लिया और कहा, "अन्ततः तुमने ही मेरा सपना साकार किया है।" इसके बाद उसने अपने स्वाभाविक छन्द में लौटते हुए पूछा, "कितने दिन के लिए आए हो ?"

रजत ने उत्तर में कहा, "मुझे आज ही लौट जाना पड़ेगा। चलो, पहले तुम्हें तुम्हारा फ्लैट दिखा दूँ। अभी-अभी बनकर तैयार हुआ है। नए घर के लिए कुछ जरूरी साजो-सामान का भी मैंने बन्दोबस्त कर दिया है। उसकी ये रसीदें हैं—इन्हें सँभालकर रखो।"

सविता एक छोटी लड़की की तरह किलकने लगी, "एक साथ इतने सरप्राइज ! सँभाल तो पाऊँगी न !"

रजत मुस्करा-भर दिए, कहा कुछ नहीं। अति उत्साह में सविता देख ही नहीं पाई कि उनकी उस हँसी के पीछे एक लम्बी थकान छिपी हुई थी। उसके भीतर छिपे वन्य पशु ने जैसे चिल्लाकर कहा, 'तुम जीत गईं...तुम जीत गईं...'

उसने अनुरोध के स्वर में कहा, "आज-भर के लिए तुम मेरे पास नहीं रह सकते ?"

रजत ने उत्तर दिया, "सॉरी, सविता, मेरे सामने बहुत काम पड़े हैं। तुम इस सप्ताह नए घर में शिफ्ट हो जाओ। तुम्हारे नए घर में जाने के बाद मैं आगे की सूचना दूँगा।"

सविता जीवन में कभी इतनी प्रसन्न नहीं हुई थी। सुख के इस लहराते समुद्र में तैरते-उतराते तीन-चार दिन कैसे बीत गए, उसे पता ही नहीं चला। दफ्तर से उसने दो दिन की छुट्टी ले ली थी। ये दो दिन विभिन्न दुकानों से रजत के ऑर्डर्स की चीजें एकत्रित करने, उन्हें घर में सजाने और कुछ वॉल-हैंगिंग वगैरह खरीदने में निकल गए।

इसी बीच उसने चित्रा और लेखा को भी अपनी सहायता के लिए बुला लिया था। चित्रा से आखिर रहा नहीं गया, "सविता, तेरा यह प्रेमी तो सचमुच में हीरा निकला। लेकिन मेरी समझ में एक बात अब तक नहीं आ रही है कि उसने तेरे लिए इतनी बड़ी रकम खर्च कैसे कर दी ! तू तो बताती है कि वह कोई सेठ-वेठ नहीं है, अच्छे वेतनवाली नौकरी-भर करता है। जिसके साथ वह जीवन व्यतीत नहीं कर सकता, उसके लिए इतना कुछ देना...सहसा विश्वास नहीं होता। सच बतलाना, तू हमसे कुछ और रहस्य छिपा तो नहीं रही है ?"

सविता को इस तरह संदेह व्यक्त करना भाया नहीं। उसने सोचा, 'कहीं इन दोनों को जलन तो नहीं हो रही है ?' प्रकट में बोली, "कैसी ऊटपटाँग बात करती है, चित्रा, तू भी ! हमारे बीच जैसा और जिस सीमा तक सम्बन्ध है, वह मैं तुम लोगों को बता चुकी हूँ। कभी कुछ छिपाया नहीं। इतना अवश्य है कि रजत शुरू से ही मुझे आम ग्राहकों से बिलकुल अलग लगते थे। शायद यही कारण है कि मैं भी उनसे गहरे जुड़ गई थी।"

लेखा ने कहा, ''सविता, तेरे कहे पर मुझे विश्वास है, पर कोई और रजत की इस उदारता को सहजता से स्वीकार नहीं करेगा। कहीं-न-कहीं कोई बात अवश्य है... ।"

रजत के लिए लेखा द्वारा व्यक्त सम्मान के भाव से सविता को खुशी हुई। वह पिछले कुछ महीनों में रजत द्वारा कही गई बातों को याद करने लगी। अचानक उसे याद आया, एक दिन अपनी आदत के अनुरूप उसे दुनिया-जहान की बातें समझाने के क्रम में सहसा पूछ बैठे थे, "सविता, मान लो, मुझे अचानक कुछ हो जाए...मैं पैसे से तुम्हारी मदद न कर पाऊँ... या तुम्हारा अपना घर न बन पाए, तो क्या तुम पुनः उसी देह-व्यापार के रास्ते पर लौट जाओगी ?"

सविता को याद नहीं कि उस वक्त वह मन-ही-मन क्या सोच रही थी, पर अपना उत्तर उसे याद है। उसने कहा था, "यह मैं तुम्हें अभी इसी पल कैसे बता सकती हूँ ? परिस्थितियाँ ही तय करेंगी कि उस व्यापार में मैं लौटूँगी या नहीं..."

सविता को अभी तक भूला नहीं है वह दिन। रजत फिर जितनी देर तक उसके पास रहे, अस्थिर-से बने रहे। ऊपर से स्वाभाविक बने रहने की कोशिश में कहीं ज्यादा बिखरे-बिखरे-से...

हाँ ! उसे यह भी याद आया कि मुलाकात के पहले दौर में ही रजत ने अपनी माँ की चर्चा की थी। उनके होश सँभालने के पहले ही उनकी माँ ने घर छोड़ दिया था। (चाहते तो वे 'भाग गई' भी कह सकते थे।) समझ की उम्र में आते-आते घर के सदस्यों से सुन-सुनाकर उन्होंने सारी सच्चाई जान ली थी। देश के बँटवारे में पूर्वी बंगाल से वे तकरीबन सब कुछ खोकर पश्चिम बंगाल में चले आए थे। पिता को छोटे-से प्रेस में मशीनमैन का काम मिला था जबकि पूर्वी बंगाल के जसोर में वे खुद एक प्रेस के मालिक थे—जमीन-जायदाद थी। बदले हुए हालात में अब ले-देकर परिवार चलता था। उनके ननिहाल के लोग काफी सम्पन्न थे और चतुर भी। वे पहले ही परिस्थिति को भाँपकर कलकत्ता चले आए थे। पिताजी को मिट्टी के मोह ने अन्त तक बाँधे रखा...सो वे भुगत रहे थे। छोटे-से किराए के घर में माँ का दम घुटता था। अक्सर वे पिताजी से उलझती रहती थीं, 'किसी भी कीमत पर अपना घर होना ही चाहिए।' पेट पालना ही जहाँ कठिन था, वहाँ घर बनाना एक स्वप्न था, पर माँ को यह बात वे कैसे समझाते।

इसके बाद रजत बोलते-बोलते रुक गए थे। सविता ने उत्सुकतावश पूछा

था, "फिर ?"

रजत ने गहरी साँस लेकर कहा था, "फिर क्या, एक मध्यमवर्गीय आर्थिक परिवेश में यदि बड़े लोगों की मानसिकता के पौधे रोपे जाएँ, तो पल्लवित कैसे होंगे ? पिता घर-खर्च सँभालते या घर बनवाते ? दरअसल माँ के पास अर्थाभाव को झेलने का साहस भी नहीं था। बात-बात पर दोनों में कहा-सुनी होती ही रहती। हम दो भाई-बहनों की उम्र इन झगड़ों को समझने की नहीं थी। हम हतप्रभ रह जाते या कभी घबराकर रोने लगते। हम रोते, तो पिताजी शान्त हो जाते, पर माँ बड़बड़ाती रहती थीं। किराए के घर भी बदलते रहे, कहीं माँ की जिद के आगे बेहतर मकान कारण होता, तो कहीं इन झगड़ों से तंग आकर मकान मालिक ही निकाल देता था। हो सकता है, माँ के लिए घर बनवाने की जिद महज एक बहाना रहा हो। दोनों के बीच कहीं कुछ इस तरह टूट गया था, जो फिर कभी जुड़ ही नहीं पाया...अन्त में माँ हमें छोड़ गईं। कारण बताया गया–अपने घर का स्वप्न !"

सविता ने सहज भाव से पूछा था, "वे कहाँ गईं ? क्या उन्होंने दूसरी शादी कर ली थी ?"

रजत अनमने होकर बोले थे, "फिर कभी मुझसे यह सवाल मत पूछना, सविता ! इस प्रसंग को कभी न उठाना। यही सबसे बड़ी दुखती रग है मेरी। ममत्व की भूख और घृणा के इस मिश्रित घनत्व से मैं स्वयं जूझ रहा हूँ। आज तक।"

इसकें बाद बहुत देर तक दोनों के बीच कोई बातचीत नहीं हो पाई थी।

चित्रा और लेखा ने समझा कि सविता सोच-विचार कर कुछ बताएगी, पर अपने-आपमें डूबी सविता की समझ में नहीं आया कि इन बातों और रजत के द्वारा उसे फ्लैट खरीदकर देने के बीच तारतम्य कहाँ है ? फिर भला रजत की बिल्कुल निजी जिन्दगी को इन सहेलियों के साथ वह क्यों शेयर करे ?

नए फ्लैट में आने की खुशी को तीनों ने एक चाइनीज रेस्टोरेंट में खाना खाकर सेलिब्रेट किया। अब तक वह जिस घर में पेइंग-गेस्ट थी, वहाँ उसने बताया कि दफ्तर से लोन लेकर उसने यह फ्लैट खरीदा है और अब वह उसमें शिफ्ट हो रही है। पता नहीं, उन लोगों ने उसकी बातों पर विश्वास किया या नहीं (क्योंकि अस्थायी कर्मचारियों को लोन नहीं मिलता है), मगर कोई क्या सोच रहा है, इसकी परवाह सविता को न कल थी, न आज है। अब तो उसे बस एक ही प्रतीक्षा थी कि कब रजत उसके पास आएँगे। अबकी बार जब रजत आएँगे, तो वह अपने को बूँद-बूँद उन्हें सौंप देगी। अपने प्यार में कहीं तिल-भर की शंका वह नहीं रहने देगी। न अभिनय करेगी, न कुछ छिपाएगी।

पाँच-छह दिन बाद भी जब रजत का कोई फोन नहीं आया, तो सविता कुछ चिन्तित हो गई। उसे खयाल आया कि उस दिन के बाद से रजत ने फोन तक नहीं किया। वह सोच रही थी, अबकी रजत आएँ, तो वह अपने हाथ से खाना बनाएगी। उन्हें 'ओ जी', 'क्यों जी' कहकर सम्बोधित करेगी। पर इस आदमी को हुआ क्या है ? पहले तो कभी इस तरह निर्लिप्त नहीं रहा करते थे। जो सुबह-शाम कई-कई बार फोन करते थे, उन्होंने एक बार भी बात क्यों नहीं की... ?

उस दिन दफ्तर से लौटकर सविता ने अपने फ्लैट का दरवाजा खोला, तो एक लिफाफे पर उसकी दृष्टि अटकी। भेजनेवाले के स्थान पर रजत का नाम देखकर उसे आश्चर्य हुआ, क्योंकि इन दो-तीन वर्षों के सम्बन्धों में रजत ने कभी उसे पत्र नहीं लिखा था। इस पहले पत्र की प्राप्ति पर उसके सारे शरीर में सिहरन-सी दौड़ गई, जैसे किसी कमउम्र प्रेमिका को पहला प्रेमपत्र मिला हो। मन-ही-मन हँस पड़ी वह, 'इस परिपक्व उम्र में भी रजत का रस-बोध गया नहीं है !' उतावली होकर उसने लिफाफे का एक छोर फाड़ दिया। हड़बड़ी में वह कन्धे पर लटकते बैग को टेबल पर रखना भी भूल गई थी। एक हाथ से दरवाजे की चिटकनी लगाते हुए उसने पत्र पढ़ना शुरू किया :

सविता,

मैं जानता हूँ, तुम मुझ पर, मेरी निर्लिप्तता पर खफा हो, किन्तु मैं भी तो मजबूर हूँ। जब यह पत्र तुम्हें मिलेगा, हम सपरिवार लखनऊ पहुँच चुके होंगे। लखनऊ के ब्रांच मैनेजर के साथ मैंने म्युचुअल ट्रांसफर करा लिया है। लखनऊ ट्रांसफर माँगने को लेकर कुछ दिन तक घर तनावग्रस्त रहा, लेकिन अब सबने इस निर्णय को स्वीकार कर लिया है। मैंने यह तर्क देकर उन्हें मना लिया है कि बच्चे अब स्कूली शिक्षा की परिधि पार कर चुके हैं। उच्च शिक्षा के लिए उस तरफ काफी अच्छा स्कोप है। नौकरी के लिए भी वहाँ, यहाँ से कम मारामारी है। दिल्ली में हमारा कारपोरेट ऑफिस है ही, लखनऊ से पास पड़ेगा। यदि डॉक्टर विधानचन्द्र राय पीछे न पड़ते, तो कल्याणी जैसी जगह में हमारे दफ्तर की ब्रांच खुलती ही नहीं। मैं ही तो इस ब्रांच का पहला मैनेजर था।

सच कहूँ, मैं तुम्हें गहराई से चाहने लगा था। हमारे सम्बन्ध आहिस्ता-आहिस्ता उस सीमा पर पहुँच गए थे, जिसे दोनों के लिए खतरनाक मोड़ कहा जा सकता

है। यदि इस समय हम कोई निर्णय न लेते, तो अपने सम्बन्धों को उचित सम्मान न दे पाते। आगे चलकर हमारे सम्बन्ध हमें बोझ जैसे लगने लगते। इसलिए, सच कहूँ, मेरा यह लखनऊ जाना मेरी ही इच्छा से हो रहा है। मेरा ट्रांसफर अप्रत्याशित नहीं हुआ है।

पन्द्रह वर्ष पहले यहाँ मैंने एक बड़ा-सा घर बनवाया था। कल्याणी के आज के बाजार में इस घर की काफी कीमत है। मैंने यह घर बेच दिया और लखनऊ में अपने कुछ सगे-सम्बन्धियों के जरिए एक फ्लैट खरीद लिया। वहाँ फ्लैट खरीद लेने के बाद मेरे पास कुछ पैसे बच गए थे। इन बचे पैसों में तुम्हारे लिए कोई घर बनवाना या खरीदना सम्भव न होता। अतः चिन्तित था। ठीक ऐसे समय में हेडक्वार्टर से खबर मिली कि मेरा एक पेंडिंग एरियर स्वीकृत हो गया है। टैक्स की कटौती के बाद करीब एक लाख रुपए की प्राप्ति हुई। इस तरह मेरे पास बचे पैसों और एरियर के पैसों को मिलाकर तुम्हारे लिए एक फ्लैट खरीदना सम्भव हो गया।

तुम ही नहीं, जो भी इस घटना को सुनेगा, वह कहेगा—इस तरह अपने को निचोड़कर क्या तुम्हारे लिए एक फ्लैट खरीदना बहुत जरूरी था ? क्या यह अति का पर्याय नहीं है ?

तुम कभी यह मत सोचना कि मैंने तुम्हारे ऊपर कोई अहसान किया है। यह बात सोलह आने सच है कि तुम्हारे पास कोई आलंबन नहीं था। सिर छिपाने के लिए कोई जगह नहीं थी। अँधेरे रास्ते पर तुम काफी देर चल चुकी हो। अब अगर स्वयं को प्रकाश के रास्ते पर मोड़ सको, तो जीवन के एक पृथक स्वाद को जान पाओगी। कितनी लड़कियाँ आज भी ऐसी हैं, जो उन अँधेरे रास्तों पर न चलकर अपने अस्तित्व को बचाए हुए हैं। मुझे विश्वास है, तुम भी ऐसा कर सकोगी। सिर छिपाने की तुम्हारी यह जगह तुम्हें ऐसा करने के लिए साहस देती रहेगी।

इस तरह तुम्हारे लिए घर की व्यवस्था कर देना तुम्हारे ऊपर अहसान कतई नहीं है। यह तो मैंने प्रायश्चित किया है, क्योंकि एक विवाहित पुरुष का यह अधिकार ही नहीं बनता कि वह किसी लड़की की भावनाओं को टोंचकर उभार दे। तुम्हारे जीवन में मेरे आने से पहले तुम अपने जगत में जैसी भी थीं, खुश थीं। मैं भी तो चन्द रुपयों के बदले अतिरिक्त सुख खरीद सकता था। लेकिन मैंने तुम्हारे अन्तर्मन में घर-परिवार का स्वप्न अंकुरित करने का अपराध किया था। इसीलिए तो कहता हूँ कि एक फ्लैट देकर मैंने तुम्हारे ऊपर कोई अहसान नहीं किया है।

अब यह सच भी तुम्हें बता देना चाहता हूँ कि जिन बातों को तुम मुझसे छिपाती रहीं, मैं वह सब कुछ जानता था। अतः अभिनय सिर्फ तुमने नहीं, मैंने भी किया है। मेरे साथ जुड़कर भी तुम अपने पुराने ग्राहकों से जुड़ी हुई हो, यह मैं जानता था। यह जानना बहुत कठिन भी नहीं था। क्योंकि बेरोजगारी के इस युग में ढेर सारे लड़के-लड़कियाँ सूचना के आदान-प्रदान का यह कार्य थोड़े-से पैसों के बदले में कर दिया करते हैं।

फिलहाल शारीरिक तौर पर मैं तुमसे दूर अवश्य जा रहा हूँ, किन्तु मन के वृत्त पर मैं आज भी वहीं हूँ, जहाँ पहले था। मानसिक तौर पर मैं तुम्हें उन्नत होते देखना चाहता हूँ। साथ में सुखी भी। मेरी यह चाहत ही मेरा सुख है और इसी सुख के लिए मैंने यह सब किया है।

मुझे भरोसा है कि तुम आज से रोशनी के रास्ते पर चलना शुरू कर दोगी और उन रास्तों पर चलते हुए जब कभी तुम्हें कोई उपयुक्त जीवनसाथी मिले, उसे अपना लेना। उस अनजाने जीवन-साथी के लिए भी मेरी अशेष शुभकामनाएँ।

तुम्हारा रजत

पत्र पढ़ते-पढ़ते सविता को लगा, जैसे पत्र के सारे अक्षर यक-ब-यक धुँधला गए हैं। माँ-पिताजी के गुजर जाने के बाद सड़कों की खाक छानते हुए उसके भीतर एक हिंसक एवं लोभी पशु ने जन्म ले लिया था, जो इन क्षणों में हठात् गायब हो गया है। उसकी उपस्थिति का नामोनिशान नहीं है।

आज कितने बरस हो गए हैं, किसी ने उसे रोते नहीं देखा था। 'कहीं मैं रो तो नहीं रही हूँ ?' ऐसा सोचते हुए उसने अपनी उँगलियों को आँखों तक ले जाना चाहा, लेकिन उसे अपने पर भरोसा नहीं हुआ और उसके हाथ रुक गए। यह भ्रम बना ही रहे, तो क्या बुरा है कि सविता कभी रोती नहीं है !

घर बुनते हुए

वर्माजी की नींद अचानक टूट जाती है। वे खिड़की के पार देखते हैं–काफी अँधेरा है बाहर, सन्नाटा भी। बरबस उनका हाथ सिरहाने रखे टेबललैम्प को टटोलता है और बहुत सावधानी से वे उसका स्विच दबा देते हैं। रोशनी का एक छोटा-सा दायरा उनके पलंग के दाईं ओर फैल जाता है। उसी रोशनी में वे तकिए के नीचे से अपनी घड़ी निकालकर समय देखते हैं और चौंक पड़ते हैं–अभी तो पौने चार ही बजे हैं। इतने सवेरे तो उनकी नींद कभी नहीं टूटी, फिर आज ऐसा क्यों हुआ ? हालाँकि, इसमें कोई खास परेशान होने की बात नहीं थी, पर वर्माजी को लगा, जैसे कुछ असामान्य घट गया है। अब वे क्या करें ? सुबह की सैर के लिए साढ़े-पाँच बजे से पहले निकलना तो मूर्खता ही होगी।

वर्माजी उठकर कमरे में ही टहलने लगते हैं–बहुत दबे कदमों से। यह एहतियात बरतते हुए कि रमा की नींद में खलल न पड़े। वैसे वे आश्वस्त हैं कि रमा की नींद मामूली खटर-पटर से नहीं टूटती, लेकिन कई बार जरा-सी आहट से भी वह जाग जाती रही है। यह खयाल आते ही वर्माजी और सतर्क हो जाते हैं। वे नहीं चाहते कि उनकी असमय टूटी नींद से रमा को परेशानी हो। तभी

उनकी दृष्टि बेसुध लेटी रमा पर पड़ती है और वे एक निश्चिन्तता की साँस लेते हैं। खिड़की के पास जाकर बाहर झाँकते हैं और फिर न जाने क्यों एकटक रमा को देखते रह जाते हैं।

दो वर्ष पहले तक वर्माजी सुबह सैर पर निकलनेवालों की तुलना अपने अखबार के हॉकरों से करते हुए रमा से पूछा करते थे, "ये हॉकर तो फिर भी अक्षरों की गति में बने रहते हैं, पर ये सुबह की सैर करनेवाले जो रात-दिन दूसरों की सेहत खराब करते हैं, इनका क्या करें ? सवेरे थोड़ा घूम लेने भर से क्या आदमी सब रोगों से मुक्त हो जाता है। सेहतमन्द बने रहने के लिए अच्छी नींद लेना और अच्छा बने रहने के लिए अच्छा सोचना जरूरी नहीं है क्या ?" पर अब ? अब तो वे स्वयं भी सुबह के सैलानियों की जमात में शामिल हो गए हैं।

जब से अखबार के सम्पादक से मुक्ति मिली है, वर्माजी ने देर से सोने, देर रात तक पढ़ने और टिप्पणियाँ लिखने की आदत से भी स्वयं को बरी कर लिया है। अब वे सुबह साढ़े-पाँच बजे नियमित रूप से टहलने जाते हैं। पहले-पहल थोड़ी परेशानी हुई थी। परेशानी क्यों, उनके अपने ही विचार उनके ऊपर व्यंग्य-सा करने लगे थे। पर जब घर का हर सदस्य उनकी सेहत के लिए सुबह की सैर को जरूरी बताने लगा, तो वे मजबूर हो गए। रमा और बेटे-बहू की जिद के सामने उन्होंने हार मान ली। करते भी क्या ? डॉक्टर गोधेजा ने शुगर की रिपोर्ट चुनाव-बुलेटिन की तरह सारे परिवार को रटा दी थी और इस रिपोर्ट में एक हिदायत सुबह की सैर भी थी। लिहाजा घर के हर सदस्य ने वर्माजी के ऊपर इस हिदायत की इतनी बौछारें कीं कि वे अपनी मान्यताओं को ताक पर रखकर अपनी आदत बदलने को मजबूर हो गए। अब तो सुबह साढ़े-पाँच बजते ही वे सड़क पर उतर आते हैं, "कुछ सुस्त कदम चलते, कुछ तेज कदम राहें..." शायद गुलजार की ही पंक्तियाँ होंगी।

सोचते-सोचते वर्माजी को फिर समय का ध्यान हो आता है। वे परेशान हो उठते हैं कि इस वक्त आखिर क्या करें ! अभी अँधेरा छँटने में चालीस-पैंतालिस मिनट देर है। समय बिताने के लिए ही उनकी निगाह फिर पत्नी के चेहरे पर टिक जाती है। नींद में कितनी निश्चिन्त और तृप्त दिखाई पड़ रही है वह ! वर्माजी वर्षों से देखते आ रहे हैं कि रमा की नींद रात के इस पहर में ज्यादा गहरी हो जाती है। ठीक भी तो है। प्रेस से लौटते हुए रात के दो-ढाई हो जाते थे और सोते-सोते तीन-साढ़े तीन। उन्हें लगा कि अचानक नींद टूटने के कारणों में कहीं-न-कहीं रमा भी उपस्थित है। वे अपने मस्तिष्क पर जोर डालते हैं...कहीं वे कोई स्वप्न तो नहीं देख रहे थे ?...कि स्वप्न में रमा ने उन्हें यह कहकर झिंझोड़ा

हो, "चित्तावरजी कब से गेट पर खड़े हैं और तुम हो कि जगने का नाम नहीं ले रहे !" पर नहीं, ऐसा कोई स्वप्न उन्हें याद नहीं आ रहा है। फिर भला क्या कारण हो सकता है कि उनकी नींद इतनी जल्दी टूट गई !

वर्माजी खिड़की से हटकर अलमारी के पास रखी अपनी कुरसी पर आ बैठते हैं और अपने चारों तरफ देखते हैं जैसे कमरे के किसी कोने-अँतरे में नींद टूटने का कारण खड़ा मिल जाएगा। तभी उस धुँधली-सी रोशनी में उनकी नजर मेज पर रखे सामन्ता के पत्र पर पड़ती है, जिसे कल रात वे दोबारा पढ़ते-पढ़ते सो गए होंगे और तब रमा ने पत्र को बिस्तर से हटाकर यहाँ रख दिया होगा। अब उन्हें असमय जाग जाने का कारण समझ में आने लगा...हाँ, इसी पत्र को लेकर वे अस्थिर हो गए थे।

वर्षों बाद सामन्ता ने न जाने कहाँ-कहाँ से वर्माजी का नया पता ढूँढ़कर यह पत्र लिखा है–विस्तृत पत्र, जिसमें ढेर सारी बातें हैं...ऐसी बातें, जो वर्माजी को कुरेदती हैं...उनकी यादों को खरोंचती हैं। वर्माजी हड़बड़ाकर अस्थिर हो जाते हैं और जब भी उनके भीतर ऐसी अस्थिरता ने सर उठाया है, उन्हें सबसे पहले रमा का ही खयाल आता रहा है। प्रेस में भी जब कभी वे ऐसा कुछ लिख लेते थे, जो रुटीन से अलग हो तो रमा को सुनाए बिना उन्हें चैन नहीं आता था। उनकी इस प्रवृत्ति पर एक दिन उनके असिस्टेंट गिरजाशंकर ने कटाक्ष किया था, "लगता है भाभीजी अगर एडीटर होतीं, तो आपसे कहीं आगे निकल जातीं।"

वर्माजी को उस समय गिरजाशंकर की यह बात अच्छी नहीं लगी थी। आखिर वह उनका सहायक ही तो था। उनकी सीनियरिटी का लिहाज तो करना चाहिए था उसे। लेकिन फिर वर्माजी को लगा था कि उसकी बात कुछ हद तक सही है। रमा ने अगर उनके लापरवाह रवैये और बिखराव को नहीं समेटा होता, तो आज की यह थोड़ी-सी व्यवस्थित जिन्दगी भी उन्हें मयस्सर नहीं होती। पर क्या वह उनका लापरवाह रवैया और बिखराव ही था, कुछ और नहीं ? उन्हें अपने ऊपर झुँझलाहट होती है कि इस उम्र में भी क्यों वे अपनी बुराइयाँ जस-की-तस नहीं स्वीकार रहे हैं ? अपनी आदतों के लिए बिखराव जैसा सलीके का शब्द इस्तेमाल करने के बजाय क्यों नहीं वे सीधे-सपाट शब्दों में सोच सकते कि रमा ने उनकी उच्छृंखलता को सहा भी और सहेजा भी। ऐसा सोचने में उन्हें कोई दिक्कत नहीं होनी चाहिए थी, क्योंकि सोचते समय तो अपने अलावा कोई बाहरी व्यक्ति सामने नहीं होता। मगर हम हैं कि सोचते समय भी अपने अहं से मुक्त नहीं हो पाते।

"पहले यह सब क्यों नहीं सूझता था ?" एक दिन उन्होंने रमा से पूछा तो

उत्तर मिला था, "आज की तरह पहले तुम्हें अपने-आपके लिए वक्त ही कहाँ मिलता था ! अपने-आपसे बतियाने के लिए भी व्यक्ति को समय निकालना पड़ता है।"

वर्माजी सामन्ता के पत्र को पुनः सहेजकर अपनी डायरी के नीचे दबा देते हैं। जब से यह पत्र उन्हें मिला है, वे कुछ अस्थिर हो गए हैं। ऐसा होना स्वाभाविक भी है। वर्षों पहले का घनिष्ठ युवा मित्र इतने लम्बे अन्तराल के बाद अचानक लॉटरी की तरह उनकी दिनचर्या में उपस्थित हो जाए, तो थोड़ी अस्त-व्यस्तता हो ही जाती है। सामन्ता उम्र में उनसे बहुत छोटा था और पेशेगत समानता भी दोनों में नहीं थी। फिर भी उनका रिश्ता इतना अन्तरंग हो गया था कि अपनी-अपनी जिन्दगी के नाजुक-से-नाजुक पहलू पर वे एक-दूसरे के साथ खुलकर बतिया सकते थे। वर्माजी याद करने की कोशिश करते हैं—कब हुई थी पहली मुलाकात, इस प्रतापचन्द्र सामन्ता से ? लाख कोशिश के बाद भी उन्हें ऐसे किसी निश्चित क्षण की याद नहीं आती; बहुत गहरे कुरेदने पर उन्हें याद आती है तो बस वह रात, जब पहली बार सामन्ता ने अपने भीतर के उफान से उन्हें परिचित कराया था। बूढ़ातालाब के बीच बने गार्डन में वे घंटों सामन्ता की रोमांचक अतीत-कथा ध्यानस्थ होकर सुनते रहे थे। उन दिनों वर्माजी अपने अखबार का आंचलिक पृष्ठ देखा करते थे, जिसका सेटअप कराने के बाद छह बजे तक वे फ्री हो जाते थे। तभी तो सामन्ता के साथ घंटों गपियाने का अवसर उनके पास रहता था। उनकी इस बेमेल दोस्ती पर पत्रकार मित्र अक्सर कटाक्ष किया करते।

कुरसी से उठकर बिना किसी आहट के वर्माजी कपड़े बदलने लगते हैं। बाहर गुलाबी-सी ठंड है। वे अपना प्रिय जैकेट पहनना नहीं भूलते। साल-भर पहले तक बाहर जाने के पहले वे सिगरेट का पैकेट सबसे पहले जेब में रखते थे, पर अब ऐसा नहीं है। रमा ने उनसे सिगरेट भी छुड़वा लिया। उसके बाद कोई वैकल्पिक नशा उन्होंने शुरू नहीं किया; बस एक छड़ी साथ रखनी शुरू कर दी है। वे छड़ी सहारे के लिए नहीं बल्कि इसलिए रखते हैं कि इससे उन्हें खाली-खाली नहीं लगता—छड़ी को घुमाते रहते हैं, इस हाथ से उस हाथ। दूसरा उद्देश्य है कुत्तों से सुरक्षा का अहसास। आजकल कुत्ते स्टेटस बढ़ाते हैं, पर जाने क्यों उन्हें कुत्तों से चिढ़ है। कुत्ते भी शायद उनकी इस चिढ़ को सूँघ लेते हैं। तब यह छड़ी उन्हें बहुत अपनी लगने लगती है।

बाहर जाते हुए वर्माजी को किसी को जगाना नहीं पड़ता। मुख्य दरवाजे की कुंडी इस ढंग से बनवाई गई है, जो भीतर-बाहर दोनों ओर से बन्द हो सके।

यह तरीका सामन्ता ने ही बताया था। चोरों की चतुराई को धता भी बताओ और सुरक्षित भी रहो।

वर्माजी ने गली में पाँव रखा ही था कि सुराना की कुतिया ने आवाज लगाई। पौ फटने से पहले चूँकि सुबह घूमनेवालों की चहल-पहल शुरू नहीं होती, इसीलिए शायद सुराना की कुतिया को वर्माजी का अँधेरे में निकलना पसन्द न आया हो। वर्माजी ने गला खँखारा और अपनी छड़ी को दो बार जोर से जमीन पर ठोंका। शायद कुतिया को बात समझ में आ गई थी। उसके भौंकने की शैली बदल गई। वर्माजी आगे बढ़ गए...।

इस तरह सन्नाटे में अकेले चलते हुए आज उन्हें छड़ी साथ होने का अहसास भी पूरी तरह नहीं हो पा रहा है। और दिनों में तो चित्तावरजी साथ चल रहे होते या फिर मूँछोंवाला कैप्टन सिन्हा तेज कदमों से सड़क की छाती रौंद रहा होता। जो हो, इससे सन्नाटा टूटता अवश्य है। लेकिन अब जबकि पौ नहीं फटी है, उन्हें सड़क का सूनापन ज्यादा ही खल रहा है। रमा को आर्थराइटिस की तकलीफ न होती, तो आज वे उसे साथ ले लेते। इतना अधिक एकान्त उन्हें कभी रास नहीं आया। जब शेखर और इतु पढ़ रहे थे तब भी अगर कभी घर पर ऐसा सन्नाटा व्याप जाता था, तो वे कुछ-न-कुछ ऐसा करते थे, जिससे वह सन्नाटा भंग हो जाए। रमा टोकती, “जब बच्चे ऊधम करते हैं और तुम कुछ पढ़ या लिख रहे होते हो, तो उन्हें बुरी तरह डाँट देते हो। लेकिन जब वे अपना होमवर्क चुपचाप करना चाहते हैं, तब तुम उन्हें डिस्टर्ब करने लगते हो।” इस बात को याद कर वे अकेले में हँस पड़ते हैं। फिर सोचते हैं, कोई उन्हें इस तरह अकेले में हँसते देखेगा तो भला क्या समझेगा !

वर्माजी गली से निकलकर चौबे कॉलोनीवाली क्रास रोड पर आ जाते हैं। चलते-चलते फिर भीतर की अस्थिरता उन पर हावी होने लगती है...।

सामन्ता ने जब बूढ़ातालाब के बीचोबीच बने पार्क में उनसे अपने अतीत का जिक्र किया था तो हर दो-चार पंक्तियों के बाद वह अंजलि का जिक्र करता रहा था। उसकी बातों से लगता था, जैसे नक्सलवाद के उस दौर की भयानक रातों में भी अंजलि की उपस्थिति का अहसास-मात्र सामन्ता को आनेवाले कल के प्रति आश्वस्त कर देता रहा हो। जीवन के प्रति सामन्ता के आशावाद के मूल में अंजलि ही थी। सामन्ता जब अपनी इंजीनियरिंग की पढ़ाई के अन्तिम दौर में था, तभी उसके हॉस्टल में नक्सल मूवमेंट की हवा पहुँच गई थी। उस हवा ने व्यवस्था के प्रति नाराज पढ़े-लिखे लड़कों को सबसे अधिक आन्दोलित किया था। जैसे-तैसे सामन्ता ने फाइनल के पर्चे दिए थे। वह अपनी पार्टी में

इतनी दूरी तय कर चुका था कि परीक्षा के दिनों में भी वह कई वारदातों में शामिल हुआ। आज जिन घटनाओं को सामन्ता या वे स्वयं 'वारदात' कह पा रहे हैं, उन दिनों ऐसा कहना भी गुनाह था। पार्टी की शब्दावली में उसे 'एक्शन' कहा जाता था। सामन्ता ने जब पार्टी में अपने पहले एक्शन की जानकारी वर्माजी को दी तो वह काफी उत्तेजित लग रहा था। उसने बताया था कि बड़ा बाजार के उस तोंदवाले सेठ के पेट में जब वह अपने तीन साथियों के साथ सामूहिक रूप से चाकू घोंप रहा था, तो सर्दियों की उस रात में भी पसीने से नहा गया था। लेकिन बाद में तो उसे ऐसे एक्शन की आदत-सी हो गई थी। सामन्ता और उसके साथी जब बेलियाघाट के एक परित्यक्त सीमेंट-गोदाम में बारूद का मिक्स्चर बाँधते, तो इतने निश्चिन्त हुआ करते थे, जैसे गपशप के दौरान मूँगफलियाँ चटखा रहे हों। पढ़ाई-लिखाई तो उस दौरान उसे बेमानी कसरत लगने लगी थी। अंजलि ने उसे कसम नहीं दी होती, तो शायद वह अन्तिम परीक्षा में शामिल ही नहीं हुआ होता।

सामन्ता ने बताया था—अंजलि सॉयकालॉजी की छात्रा थी, जिससे उसका परिचय एक वाद-विवाद के दौरान हुआ था। और, अन्ततः यह परिचय इतना सघन हो गया कि सामन्ता एक साथ दो प्रवाहों में बहने लगा। एक प्रवाह था व्यवस्था के खिलाफ नाराजगी और दूसरा अंजलि के प्रति आकर्षण व लगाव का।

अंजलि ने एक दिन बहुत गम्भीरता से उसे वचनबद्ध कर लिया था कि किसी भी स्थिति में वह खून-खराबे के मामलों से अपने को बचाएगा। अंजलि का कहना था, "हम जिस बेहतर व्यवस्था के लिए यह सब करते हैं, वह मनुष्य के हित के लिए ही तो है। फिर हम उन्हें मार क्यों रहे हैं ? यह रास्ता मेरी समझ में नहीं आता। व्यवस्था से मैं भी उतनी ही नाराज हूँ, जितने तुम। किन्तु तुम्हारे इस 'एक्शन' का समीकरण मुझे किसी भी तरह स्वीकार्य नहीं है।"

सामन्ता ने कहा था, "वर्माजी, मैं अंजलि को कैसे बताता कि जिस एक्शन और खून-खराबे से वह मुझे रोक रही है, उसकी सीमा को मैं कब का लाँघ चुका हूँ। लेकिन उस दिन के बाद से मन के किसी कोने में उसकी बातें इस कदर घर कर गईं कि रह-रहकर मैं उनकी चुभन महसूस करने लगा।"

थोड़ा रुककर सामन्ता कहता रहा था, "वर्माजी, पुरुषों की कामकाजी दुनिया इतनी बड़ी होती है कि हमें झूठ को छिपाने के लिए ज्यादा कसरत नहीं करनी पड़ती। लेकिन यदि आपके जीवन में कोई ऐसा हो, जो आपके झूठ को भी सच की मर्यादा देकर पूरी तरह आश्वस्त हो जाए तब झूठ स्वयं को ही सच से ज्यादा कड़वा लगने लगता है।"

शायद यही कारण था कि विभिन्न वारदातों में शामिल रहने के कारण सामन्ता के भीतर का गिल्ट उसे परेशान करने लगा था।

वर्माजी की चाल अनजाने में ही धीमी हो जाती है। खयालों में खोए हुए आज वे 'छत्तीसगढ़ ऑटो केयर' तक आ गए हैं। रोज की सैर में वे यहाँ तक आना पसन्द नहीं करते—यहाँ सुबह से ही बड़े वाहनों की आवाजाही शुरू हो जाती है।

अब कुछ-कुछ उजास होने लगा है। वे स्वयं चकित हैं कि इतने वर्ष पहले उस रात सामन्ता ने अंजलि के बारे में जो कहा था, वह उन्हें शब्दशः कैसे याद है ? फिर वे स्वयं को समझाने की कोशिश करते हैं—दरअसल हम जिन बातों को पसन्द करते हैं, वे स्मृति की रेखाएँ गहरी कर जाती हैं। शायद इसीलिए उन्हें आज तक सामन्ता की हर बात याद है।

सामन्ता ने बताया था कि रातों-रात वह अपना दमदमवाला घर छोड़कर निरुद्देश्य यात्रा पर निकल पड़ा था। उसके पास टिकट यों तो बम्बई का था, लेकिन हावड़ा-बांबे एक्सप्रेस जब रायपुर स्टेशन पहुँची, तो जाने किस अज्ञात प्रेरणा के वशीभूत हो वह वहीं उतर गया था। उसका कहना था कि सम्भवतः शरणार्थियोंवाले दिनों में माना कैंप और रायपुर उसके मस्तिष्क में कहीं बस गया होगा। ट्रेन सुबह रायपुर पहुँची थी और उसने अचानक यहाँ उतरने का निर्णय ले लिया था—अगर दो-तीन मिनट की भी देर करता तो ट्रेन छूट चुकी होती।

वर्माजी सोचते हैं कि जिन्दगी की ट्रेन भी ऐसे ही कब किस पटरी पर आ जाए और कब किस पटरी से उतर जाए, कोई नहीं जान पाता। सामन्ता ने अंजलि को ऊपरी तौर पर आश्वस्त अवश्य किया था कि वह किसी 'एक्शन' में हिस्सा नहीं लेगा, पर पार्टी के इनर सर्किल में प्रवेश कर जाने के बाद 'एक्शन' से वह बच नहीं सकता था। तब तक वह पार्टी का ऐसा सदस्य बन चुका था, जो स्वयं पार्टी-प्रमुख के सम्पर्क में रहता है। पहली मुलाकात में सामन्ता को वह रहस्यमय 'चीफ' निहायत साधारण व्यक्ति लगा था। उस दुबले-पतले से व्यक्ति में बस एक ही चीज अहम थी—उसकी तेज चमकीली आँखें।

अंजलि से वचनबद्ध होने के बाद सामन्ता अपने-आपसे लड़ने लगा था। उसे बार-बार यही लगता कि सिर्फ अंजलि को ही नहीं, वह अपने-आपको भी छल रहा है। सच से सामना करने की उसकी नैतिक शक्ति धीरे-धीरे क्षीण होती जा रही थी। इसी ऊहापोह की स्थिति में उसने अप्रत्याशित रूप से विद्रोह किया था। उस रात बम बनानेवाले उसी परित्यक्त सीमेंट-गोदाम के तहखाने में मीटिंग थी।

चीफ की ओर से सौगत'दा ने मीटिंग ली थी। 'एक्शन' में पाँच लोगों को जाना था। चार लोग परिस्थिति को सँभालने के लिए साथ रहते, जबकि टारगेट पर गोली दागने का काम सामन्ता को सौंपा गया था। टारगेट थे यूनिवर्सिटी में परीक्षा विभाग के कण्ट्रोलर। उन पर पार्टी का आरोप था कि वे बड़े लोगों के बेटों को नम्बर बढ़ाकर मेरिट में लाते हैं और इसके लिए उन्हें एक मोटी रकम मिलती है। ये वही व्यक्ति थे जिनसे सामन्ता ने कभी दो साल तक फिजिक्स की ट्यूशन ली थी। टारगेट को जान लेने के बाद सामन्ता अपने-आपसे लड़ते हुए थक चुका था। उसने साफ शब्दों में 'एक्शन' में न जाने की घोषणा कर दी थी, जिससे उस तहखाने में थोड़ी देर के लिए इतनी चुप्पी छा गई थी कि वे एक-दूसरे की साँसों की आवाज तक सुन पा रहे थे।

कुछ अन्तराल के बाद सौगत'दा ने पूछा था, "कारण क्या है ?"

"मैं अब किसी को भी मारने के पक्ष में नहीं हूँ। पार्टी के दूसरे कार्यों से मैं जरूर पहले की तरह जुड़ा रहूँगा।"

"यह तुम्हारा अन्तिम फैसला है ?" सौगत'दा ने आग्नेय नेत्रों से सामन्ता को घूरते हुए पूछा था।

"जी हाँ !" उसने दृढ़ता से उत्तर दिया था। दूसरे सभी साथी चुप थे। वे कभी सौगत'दा की ओर देखते तो कभी सामन्ता की ओर। सौगत'दा पार्टी में चीफ के बाद सबसे प्रभावशाली माने जाते थे। घनी दाढ़ी से ढँका चेहरा, चुस्त-दुरुस्त बदन। जींस के ऊपर वे अकसर कुरता पहनते थे और उन दोनों कपड़ों में यह फर्क करना मुश्किल था कि कौन-सा अधिक मैला है। किन्तु उनके निर्णय बहुत साफ-सुथरे हुआ करते थे—त्रुटिहीन और कठोर।

सौगत'दा का स्वर पुनः उभरा था, "हमारी पार्टी में आदेश वापस नहीं होते सामन्ता ! टारगेट को खत्म करने से इनकार करना स्वयं टारगेट बन जाना होता है। पार्टी के अन्दरूनी दायरे में प्रवेश कर चुका सदस्य, मौत को गले लगाए बिना पार्टी से बाहर नहीं जा सकता। तुम्हारा रिकार्ड आज तक बहुत अच्छा रहा है। मैं अपनी जिम्मेदारी पर कल तक का वक्त तुम्हें दे रहा हूँ। या तो 'एक्शन' पूरा करोगे, या फिर तुम्हें मौत का सामना करना पड़ेगा।"

सामन्ता ने बताया था कि मौत की बात करते हुए सौगत'दा के चेहरे पर शिकन तक नहीं आई थी। एक पथरीला स्वर जैसे बारम्बार उस परित्यक्त सीमेंट-गोदाम में प्रतिध्वनित हो रहा था। उनके उस अन्तिम वाक्य के बाद कोई कुछ नहीं बोला, लेकिन सामन्ता की तो जैसे दुनिया ही बदल चुकी थी। रात में काफी देर से घर लौटा, तो रोज की तरह उसका खाना ढँका हुआ उसके कमरे

में रखा था। माँ ने उनींदी आँखों से उसे एक बार घर में प्रवेश करते देखा, पर कहा कुछ नहीं।

सामन्ता को पता था कि रात को उससे कोई कुछ नहीं कहेगा, न कुछ पूछेगा। कल सुबह पिताजी के सामने पेशी होगी और वह हमेशा की तरह कोई खूबसूरत-सा बहाना बना देगा। पिताजी अपने अनुभव का वास्ता देंगे और एक तेईस वर्षीय बेटे को पीट न पाने की विवशता पर कुढ़ते हुए अन्ततः चुप हो जाएँगे। किन्तु ऐसा कल क्या आएगा... ? उसने बेमन खाना खाया और फिर सोने की लाख कोशिश करने पर भी सो नहीं सका। घंटों बिस्तर पर पड़ा-पड़ा सोचता रहा।

सौगत'दा का सूचना-तन्त्र जितना मजबूत था, उतनी ही पैनी उनकी नजर थी। एक दिन सामन्ता की पेशी उनके सामने हुई थी। बिना किसी भूमिका के सौगत'दा ने पूछा था, "अंजलि नाम की किसी लड़की से आजकल तुम्हारा काफी मेलजोल है। उस लड़की के बारे में तुमने खोज-खबर ले ली है ?"

सामन्ता को पहली बार सौगत'दा की पूछताछ अच्छी नहीं लगी थी। अंजलि उसकी निजी जिन्दगी का हिस्सा थी। सौगत'दा इस तरह उससे यह सब क्यों पूछ रहे हैं ? उसने अपने मनोभाव छिपाते हुए कहा था, "वह एक निम्न मध्यमवर्गीय परिवार की बुद्धिमान लड़की है, सॉयकालॉजी में मास्टर्स डिग्री ले रही है। हम अच्छे मित्र हैं। इससे अधिक और कुछ नहीं।"

सौगत'दा को शायद सामन्ता के स्वर से उसकी नाराजगी की झलक मिल गई थी, इसीलिए उन्होंने कहा था, "सामन्ता, हम लोग जिस रास्ते पर चल रहे हैं वहाँ भावुकता को भी तपाकर इतना पिघला लिया जाता है कि साधारण आवेग उसका ताप सह नहीं पाता। प्यार-मनुहार के लिए हमारे पास कहीं कोई गुंजाइश नहीं। पहले हम इस सड़ी-गली व्यवस्था को तहस-नहस कर लें, फिर दूसरी बातों के लिए अपने-आप गुंजाइश बन जाएगी। अंजलि नामक उस लड़की से उसी सीमा तक मेलजोल जायज है जहाँ तक वह हमारे संगठन से अनजान रहे। कभी गलती से भी तुम्हारे मुँह से कुछ फिसल गया, तो मुश्किल होगी—खामखाह उसे भी जान की जोखिम उठानी पड़ेगी।"

सामन्ता ने चौंककर सौगत'दा की ओर देखा था तो पाया था—उनकी आँखें शान्त हैं। वे एकटक सामन्ता को ही देखे जा रहे थे—एकदम ठंडी दृष्टि से। पार्टी में सौगत'दा की आँखों को 'एक्सरे आईज' कहा जाता था।

यूँ तो एक्शन ग्रुप में काफी सदस्य थे, किन्तु जमाल सामन्ता के साथ कुछ ज्यादा खुला हुआ था। ग्रुप में सबसे अधिक ताकतवर, पर गुस्सैल था जमाल।

सौगत'दा ने उसे हिदायत दे रखी थी कि वह अपने मन से कभी कोई कदम न उठाए, साथियों के कहे अनुसार काम करे। खासकर सामन्ता को यह ध्यान रखने के लिए चेताया गया था कि जमाल गुस्से में किसी से खामखाह न उलझे।

जमाल सामन्ता को बेहद पसन्द करता था इसलिए उसे सौगत'दा का सामन्ता से अंजलि के विषय में कुछ कहना शायद अच्छा न लगा हो। वह बातचीत के बीच अनपेक्षित रूप से टपक पड़ा था, "सौगत'दा, हम भावुकता को बिलकुल छोड़ भी तो नहीं सकते। भावुकता कोई कमीज तो नहीं है, जिसे घर में खूँटी पर टाँग आएँ...। सम्बन्धों का निर्वाह करने में भी क्या यहाँ कोई मनाही है ? अपनी बहन, अपनी माँ से तो मैं जीवन-भर बँधा रहूँगा...पार्टी को ऐसे सम्बन्धों पर भी एतराज होगा ?"

सौगत'दा को देखकर यह जान पाना कठिन था कि वे कब नाराज होते हैं और कब खुश। उनके चेहरे पर हमेशा एक-जैसा भाव ही बना रहता था—एक ऐसा तनाव, जिसमें किसी थिरकन की गुंजाइश नहीं होती। जमाल के कथन पर न वे उत्तेजित हुए थे, न नाराज। उसी वजनदार एवं सन्तुलित आवाज में उन्होंने उत्तर दिया था, "यदि इस सड़ी-गली व्यवस्था में कुछ साल और बिताना पड़े तो देखना, आनेवाली पीढ़ी के लिए इन सम्बन्धों की परिभाषा ही बदल जाएगी। तुमने कुत्तों को देखा है ध्यान से ? जब रोटी के टुकड़े के लिए वे एक-दूसरे से लड़ते हैं तो उनके बीच कौन-सा सम्बन्ध रह जाता है ? हम मनुष्य हैं—हमारे पास संस्कार हैं, समाज है, मस्तिष्क है, चिन्ता है; इसलिए हमारी लड़ाई अलग है। लेकिन अगर व्यवस्था इसी तरह नीचे और नीचे उतरती चली गई, तो मनुष्य समाज को भी असभ्य युग में लौट जाना होगा।

"भावुकता के सम्बन्धों को पूरा सम्मान मिल सके, उसी स्थिति के लिए हम यह लड़ाई लड़ रहे हैं। हमारी लड़ाई को, हमारी योजना को, अन्तिम परिणति तक पहुँचने से पहले कोई नुकसान न पहुँचे, इसलिए अतिभावुकता के प्रति मैंने तुम्हें सचेत किया है। मेरा आशय बस यही है। नाऊ, इज इट क्लियर... ?" यह कहते हुए उनके चेहरे पर कुछ ऐसे भाव आए थे कि सबने चुप्पी साध ली थी।

आधी रात को अपने भीतर की अस्थिरता से परेशान होकर सामन्ता उठा था और एक बड़े-से बैग में जरूरी सामान और जितने भी पैसे इधर-उधर बिखरे थे, वे सब समेटकर उसने अपनी भावुकता पर नियन्त्रण पा लिया था। घर छोड़ने के अलावा उसके पास कोई विकल्प नहीं रह गया था। घर में कोई जाग न जाए, इसलिए पीछे का दरवाजा उसने बहुत आहिस्ते-से खोला और आँगन की दीवार को स्टूल के सहारे फाँद लिया था। घर के पीछे झाड़ियों की ओट लेकर वह पाँच

फीट गहरे गन्दे नाले में उतरा और थोड़ा-सा झुककर उसी गन्दे नाले से होते हुए उसने लम्बी दूरी तय कर ली। जाने क्यों उसे लग रहा था कि सौगत'दा ने अवश्य ही उसके घर पर पहरा बिठा दिया होगा। पार्टी के किसी सदस्य पर उन्हें जरा भी शक होता था तो सावधानी के लिए वे ऐसा कदम उठाते थे। ऐसी स्थिति में सामने के दरवाजे से निकलना निश्चित ही मौत को आमन्त्रण देना था। दमदम जंक्शन से सुबह चार बजे की लोकल पकड़कर वह हावड़ा आया था। हावड़ा स्टेशन तक पहुँचते हुए उसने चादर को ऐसे ओढ़ लिया था जैसे अमूमन ठंड के दिनों में स्टेशन के कुली ओढ़ लिया करते हैं। जैसे-तैसे अपने को छिपाते हुए उसने ग्यारह बजने की प्रतीक्षा की थी, क्योंकि बांबे एक्सप्रेस ग्यारह बजे छूटती थी। उसने न कोई पत्र छोड़ा था, न कोई सन्देश। यहाँ तक कि अंजलि के नाम भी नहीं। ऐसा करता तो पार्टी के लोग उसे ढूँढ़ ही लेते। आते वक्त बस उसने बहुत आहिस्ते-से माँ के पाँव छू लिए थे।

सौगत'दा की बातें उसने अंजलि को बताई थीं। अंजलि ने पहले तो कुछ नहीं कहा, फिर थोड़े अन्तराल के बाद उसने चुप्पी तोड़ी थी, "अनन्तकाल से पुरुषों को लगता रहा है कि विचारों पर सिर्फ उनका एकाधिकार है, स्त्री तो केवल विचारों को पुरुषों के मनोनुकूल अमल में लाने के लिए होती है। जिन सम्बन्धों से ये किनारा कर रहे हैं, वही सम्बन्ध तो इनके विचारों की ऊर्जा हैं।"

कुछ ठहरकर अंजलि ने कहा था, "भारी-भरकम शब्दों को ओढ़ लेने में उतनी परेशानी नहीं होती, जितनी भीतरी सच का सामना करने में होती है। दर-दर भटकते डाकू भी जब किसी दिन कहीं घर-जैसा भोजन पाते हैं, तो पल-भर के लिए क्या वे भी भावुक नहीं हो जाते ? समूची क्रान्ति के मूल में मनुष्य और मनुष्य के सम्बन्ध ही तो हैं।"

सामन्ता की अतीत-यात्रा से अपने में लौटते हुए वर्माजी पाते हैं कि वे न जाने कब से वोराजी के घर के पीछे बने मुरुम के चबूतरे पर छड़ी टिकाए खड़े हैं और उधर खेर साहब का बड़ा बेटा अपने मोटे चश्मे की ओट से उन्हें लगातार घूरे जा रहा है। उस पर नजर पड़ते ही वर्माजी को अटपटा-सा लगा—आज क्यों सबकुछ गड़बड़ा-सा रहा है ? उनकी नजर अपनी घड़ी पर पड़ती है तो पता चलता है कि अभी साढ़े-पाँच ही बजे हैं। अब तक रमा उठ गई होगी और सबसे पहले गुसलखाने पर उसी का अधिकार होगा। यानी बिना शक्करवाली चाय के लिए अभी और आधा घंटा शेष। कभी वक्त बिताए नहीं बीतता, तो कभी वक्त का पता ही नहीं चलता। ठीक ऐसे ही सामन्ता जिस रोज अपना अतीत उनसे शेयर कर रहा था, घंटों बीत गए थे, उन्हें समय की सुध ही नहीं रही थी। पर आज

उन बातों को याद करने में वक्त ही कितना लगा ?

वर्माजी फिर सामन्ता के पत्र में खो जाते हैं। उसने लिखा है, "याद है वर्माजी, मेरी रामकहानी सुनकर आज से दस साल पहले आपने कहा था–'तुम्हारे मन में तो अंजलि ने पूरा-का-पूरा घर ही बना लिया है सामन्ता, क्या वहाँ अब गृहप्रवेश नहीं होगा ?' अब मैं गृहप्रवेश करना चाहता हूँ तो परिस्थितियाँ विपरीत हैं। इसीलिए आपसे पूछ रहा हूँ कि मुझे अब क्या करना चाहिए... ?"

जाने क्यों इसी समय उन्हें कप्पू की याद आ जाती है। उनके साथ यही तो दिक्कत है कि वे हमेशा एक ही समय में कई विषयों से उलझ जाते हैं। ऐसा न होता तो सामन्ता और अंजलि की यादों के बीच अचानक कप्पू की याद क्यों आती ? कप्पू तो उनके लिए एक अनिश्चित बवण्डर-जैसा था। कब और कहाँ वह कोई समस्या खड़ी कर देगा, कोई नहीं कह सकता था। जब वह स्वयं अपनी खामखयाली में उलझ जाता तो बड़ी मासूमियत से वर्माजी के सामने उपस्थित होकर कहता, "दा ! इससे उबारो मुझे।" उन्हें अफसोस है तो बस यही कि पहली बार कप्पू ने उनसे कुछ छिपाया था और वह भी उनके जीवन का अन्तिम पृष्ठ। अपनी मौत का फरमान जारी करते हुए वह इतना सावधान था कि वर्माजी को हवा तक न लगने दी। सम्बन्धों के पैबन्द को ढँककर रखता था कप्पू, इस हद तक कि लोग कुछ जान भी जाते तो उसकी सरलता से डरकर उससे कोई कुछ नहीं कह पाता था।

मगर सामन्ता कप्पू की तरह नहीं है। चाहे सही हो या गलत, वह एक विचारयात्रा से छिटककर बाहर आया हुआ कोरा कागज है। वह दुनियादार बना, लेकिन अपनी शर्तों पर। इसीलिए तो ठेकेदारी में भी उसकी एक नैतिकता बनी रही। उसने कभी किसी बड़े आदमी का घर बनाने का ठेका अपने हाथ में नहीं लिया, डिजाइन बनाने का भी नहीं। एक सन्तुलित लाभांश के साथ वह मध्यम आयवालों के ही घर बनाने का काम लेता रहा। हर घर की डिजाइन से लेकर उसकी फिनिशिंग तक में वह इतने प्यार से जुटा रहता जैसे कोई खुद का घर बना रहा हो। वर्माजी ने कहा भी था, "तुम्हें धन्धा ही करना है तो इतने नीतिवादी क्यों बने रहते हो ? आजकल तो लोगों ने राजनीतिक पार्टियों को चुनाव-चन्दा देने के लिए भी वैध ट्रस्ट बना डाले हैं–ऐसे में तुम्हारी इन शर्तों का क्या फायदा ? यह तुम्हें विरोधाभास-जैसा नहीं लगता ?"

सामन्ता विचलित नहीं हुआ था, "वर्माजी, उम्र के पहले हिस्से में ही मैंने जिस पार्टी की दीक्षा ली थी, उसकी कुछ बातें मेरी हड्डियों तक में समा गई हैं। पूरा-का-पूरा जीवन न सही, उसका कुछ अंश तो हम अपनी शर्तों पर जी सकते

हैं न !”

अपने रायपुर-प्रवास के अन्तिम दिनों तक सामन्ता ने हिन्दी काफी अच्छी सीख ली थी, जबकि पहले-पहल वह बांग्ला टोन में ही हिन्दी बोल पाता था, लिखने में उसके पसीने छूट जाते थे। उसने मैट्रिक तक संस्कृत पढ़ी थी, जिसके कारण हिन्दी लिपि से उसका परिचय अवश्य था। बाद में अभ्यास करके उसने पाँच साल में अपनी हिन्दी को पुख़्ता कर लिया था।

होता यह है कि हम सबके पास अपने-अपने बीते कल की कुछ तसवीरें होती हैं। ये तसवीरें सामने आती हैं तो व्यक्ति कुछ देर के लिए ही सही, अव्यवस्थित हो जाता है। और अगर तसवीरों के बदले किसी का वजूद ही सामने आ जाए तो ? बंगाल की नम आबोहवा में पलने-बढ़ने के कारण सामन्ता कुछ ज्यादा ही भावुक हो जाया करता था। यही भावुकता उसे व्यवस्था-विरोध के चरम बिन्दु की ओर खींच ले गई थी, तभी तो वह स्वीकार करता था, “वर्माजी, मैं सोचता हूँ कि मेरी जिन्दगी में यदि उस समय अंजलि नहीं आती तो...हो सकता है कि ‘एक्शन’ में जरा-सी चूक होने पर मैं ही गोली से भून दिया जाता, पुलिस इनकाउंटर में मर जाता या जेल की अँधेरी कोठरी में सड़ रहा होता...। घर छोड़ते वक्त तो मैंने न पत्र लिखा, न अपना पता दिया। एक डर जो था। पर अब तो स्थिति बदल गई है। अब चिट्ठी-पत्री का क्या, खुद पहुँच जाऊँगा—एक सरप्राइज की तरह। अंजलि से मिलूँगा और बताऊँगा कि उससे किया हुआ वादा मैंने निभाया है...।”

वर्माजी को अचानक याद आया कि उन्होंने अंजलि के विषय में बातचीत के दौरान कभी सामन्ता से कहा था, “हममें से अनेक के मन की भीतरी तहों में किसी-न-किसी ने कभी-न-कभी कोई घर अवश्य बुना है, सामन्ता ! यह जरूरी नहीं है कि हमारे जेहन में घर बुननेवालियों ने कभी हमारा व्यावहारिक घर बुनने में भी सफलता पाई हो। पर मन के अन्दर बने उन्हीं घरौंदों की मर्यादा ने हमारे वास्तविक घरों को सँवारा भी है।” उन्हें ठीक से याद नहीं कि उस समय उन्होंने हूबहू क्या कहा था, पर आशय कुछ ऐसा ही था। जाने सामन्ता की पकड़ में पूरी बात आई थी या नहीं, पर यह आशय अवश्य समझ गया था। तभी तो उसने तुरन्त सवाल किया था, “वर्माजी, छोटा मुँह बड़ी बात, लेकिन लगता है इस आग में आप भी जल चुके हैं। हमें भी तो बताएँ दादा ?”

प्रत्यक्ष में वर्माजी हँसकर टाल गए थे, पर उस रात वे ठीक से सो नहीं सके थे। उम्र बीत जाने पर भी यादें कभी बूढ़ी नहीं होतीं। अतीत के कुहासे को चीरते हुए दो चेहरे अक्सर उनकी आँखों के सामने आ खड़े होते हैं—गाँववाले दूर के रिश्ते

की छोटी भौजाई का और जगदलपुर के गेस्टहाउसवाली लड़की का, जिन्हें वे कभी नीची निगाह से नहीं देख पाए। वर्माजी को हर बार ऐसा लगा है कि रमा को पूरी तरह समझने में उन्हीं धुँधले चेहरों ने उनकी मदद की है।

आज कुछ ज्यादा ही टहल चुके हैं वर्माजी। फिर भी उन्हें विशेष थकान का अनुभव नहीं हो रहा है और मन की दौड़ भी रुक नहीं रही है। ऐसा नहीं कि सामन्ता ने उन्हें पहली बार पत्र लिखा है। सामन्ता जब कलकत्ता लौट गया, दो-तीन वर्ष तक उसके पत्र आते रहे। वर्माजी एकाध पत्र का ही उत्तर लिख पाते थे। सामन्ता शिकायत भी करता कि वे उसे पीड़ा पहुँचा रहे हैं या एकतरफा पत्रलेखन उसे पसन्द नहीं। लेकिन फिर भी वह पत्र लिखता रहता। उन्हीं पत्रों से पता चला था कि लौटने के बाद सामन्ता की दुनिया में सब कुछ था, सिर्फ अंजलि नहीं थी। अंजलि का पूरा परिवार कहीं और चला गया था। पता नहीं कहाँ। शहर में कौन किसकी खबर रखता है जो बताता कि वे कहाँ गए। आखिर यार-दोस्तों की मंडली भी तो बिखर चुकी थी। पहले के पत्रों में सामन्ता की व्याकुलता बहुत तीखी रहा करती थी, जो समय के साथ कम होती चली गई। अन्ततः उसने किसी और लड़की से शादी कर ली। वहाँ जाकर उसने कॉलेज के दिनों के एक मित्र के साथ पार्टनरशिप पर एक फर्म खोल ली थी। आहिस्ते-आहिस्ते एकतरफा पत्रों की संख्या घटती गई और फिर यह सिलसिला बिलकुल बन्द हो गया। इतने वर्षों के बाद जब वर्माजी किराएवाले मकान से अपने स्वयं के मकान में चले आए, तो न जाने कहाँ से अचानक सामन्ता का यह पत्र उन्हें कल मिला।

वर्माजी के मुँह का कसैला स्वाद कुछ बढ़ जाता है और वापसी में पुनः उनका ध्यान सामन्ता के पत्र की ओर चला जाता है। क्या रमा ने भी पत्र पढ़ लिया है ? वर्माजी स्वयं आश्वस्त नहीं हो पाते। अमूमन रमा खराब लिखावटवाले पत्रों को पढ़ती ही नहीं है, फिर सामन्ता की लिखावट तो पूरी तरह खिचड़ी है। आधे बांग्ला के अक्षर तो आधे हिन्दी के, बीच-बीच में जिन शब्दों की हिन्दी उसे नहीं सूझती, वहाँ पर अंग्रेजी के शब्द और वाक्य ठूँस देता है। फिर भी गनीमत है कि उसके कंटेंट्स सही रहते हैं। यदि रमा ने पत्र पढ़ा भी है तो अभी कुछ नहीं कहेगी, क्योंकि उसे वर्माजी की प्रतिक्रिया की प्रतीक्षा होगी। सोचती होगी, देखें तो सही वर्माजी कुछ बताते हैं या नहीं।

सामन्ता ने गृहप्रवेश का विस्फोटक सवाल उठाकर उनसे जो राय माँगी है, वह ऊपरी तौर पर कोई अनहोनी बात नहीं है। पर चूँकि सामन्ता विचारों के साथ लगातार तालमेल बिठाने की कोशिश करता रहा है, इसीलिए शायद परिस्थितियों ने उसे हिलाकर रख दिया है। भावुक लोगों की यही तो मुश्किल है। कहीं वे

तनकर खड़े हो जाते हैं, और कहीं इस कदर पिघल जाते हैं कि अस्तित्व का खतरा पैदा हो जाता है। सामन्ता के सवाल से जूझते हुए वर्माजी कब अनजाने में अपनी छड़ी को तेजी से घुमाने लगे, उन्हें पता ही नहीं चला। रमा होती तो तुरन्त टोक देती–'तुम छोटी-बड़ी किसी भी बात पर इतने उत्तेजित क्यों हो जाते हो ? पहले की बात और थी, पर अब जब तुम्हें ब्लडप्रेशर और शुगर भी है, तो अपने को सन्तुलित रखने की कोशिश क्यों नहीं करते ?' वे मन-ही-मन मुस्कुरा उठते हैं। लेकिन सामन्ता के सवाल का वे क्या करें ?

सामन्ता को बिजनेस के सिलसिले में खड़गपुर जाना पड़ा था। जिस रेजीडेंसियल कॉलेज के एक्सटेंशन का काम उसे मिला था, उसकी डिजाइनिंग के लिए उसे पुराने कॉलेज का मुआयना करना था। पुरानी बिल्डिंग को आँकते हुए जब सामन्ता एक के बाद दूसरे कमरे का जायजा ले रहा था, तभी उसे क्लास लेते हुए अंजलि दिख गई थी। अंजलि का इस तरह फिर से मिल जाना ही सामन्ता की प्रमुख समस्या थी। उसे जब पता चला कि अंजलि ने शादी नहीं की और सालों उसके लौटने की बाट जोहती रही, तो वह भीतर से हिल गया था। क्या करे और क्या न करे ? एक बसे-बसाए घर को देखता है तो लौकिक अर्थ में सबकुछ गलत लगता है और जब जीवन के खोए हुए सूत्रों को टटोलता है तो उसे लगता है कि अंजलि उस समय अगर उसके जीवन में नहीं आती, तो उसके होने या न होने पर ही प्रश्नचिह्न लग जाता। तब क्या घर कोई भी वह बसा सकता था ? आज अगर अंजलि की पथराई आँखों में चमक आई भी है, तो क्या वह उस चमक को संरक्षण दे सकता है ?

खड़गपुर से लौटते हुए अंजलि के शब्द देर तक उसके भीतर गूँजते रहे, "याद करो उन दिनों की, जब तुम पार्टी के सिद्धान्तों को अन्तिम सूत्र मान बैठे थे। कोई भी तर्क तब तुम्हें बेमानी लगता था। आज तुम जहाँ खड़े हो, वहाँ उन दिनों की आइडियालॉजी के लिए कोई जगह बची है क्या ? सम्बन्धों के कई-कई तल होते हैं सामन्ता, और हर आधारतल की अपनी-अपनी तासीर और अपने-अपने कालखंड निश्चित हैं। समय की दूरी को भावुकता के दबाव से कम तो नहीं किया जा सकता न ?"

सामन्ता उलझ जाता है–आखिर कहना क्या चाहती थी अंजलि ? क्या अब सामन्ता उसके साथ चलने की पात्रता खो चुका है ? यदि उसका यह वर्तमान अंजलि को नापसन्द है तो वह सामन्ता को समझाने की कोशिश क्यों करती रही ? वह जितना सोचता है, उतना अधिक व्यग्र हो उठता है। सामन्ता ने पत्र का समापन करते हुए लिखा है, "वर्माजी, आप तो इस आग में तप चुके हैं, कोई

ऐसा हल सुझाएँ जो जीवन की सच्चाई के अनुकूल हो और उसे अपनाने में मुझे कोई पछतावा न हो। न कोई घर जले और न किसी घर के दरवाजे हमेशा के लिए बन्द हो जाएँ...।"

भीतर यदि उत्तेजना हो, तो वर्माजी के हाथ-पाँव खुद-ब-खुद कुछ अधिक चलने लगते हैं। यह उनके शरीर की अपनी भाषा है। तभी तो वे बहुत जल्दी अपने घर के बिलकुल सामने पहुँच जाते हैं और घर के दरवाजे पर कदम रखते ही देखते हैं कि रमा बहुत तेजी से उनकी तरफ आ रही है। पाँव की तकलीफ के कारण रमा जब तेज चलती है तो वह अनायास बाईं ओर थोड़ा झुक जाती है। इस तरह तेज चलने में रमा को तकलीफ भी होती है। जिस तेजी से वह दरवाजे तक आई, उतना ही तेज उसका स्वर था, "सुबह होने के पहले ही कहाँ निकल गए थे तुम ? इतने अँधेरे में कहीं गिर-पड़ जाते तो इस बुढ़ापे में टूटी हड्डी का जुड़ना भी कठिन हो जाता। सड़कों की हालत देखी है तुमने !"

रमा कुछ और पूछ पाती, उसके पहले ही उन्होंने पूछ लिया, "तुम्हें किसने बताया कि मैं अँधेरा रहते ही निकल गया था ? उस वक्त तो तुम बड़े आराम से सो रही थीं?"

रमा के चेहरे का तनाव कुछ पिघलने लगता है, "देखो, जब तुम घर पर रहते हो, तुम्हारी खटर-पटर से मेरी नींद नहीं टूटती। पर इतने सालों साथ रहकर तुम्हारे एक-एक पदचाप को मैंने अपनी साँसों में जिया है। तुम घर से बाहर कदम रखते हो, तो मेरी गहरी नींद भी टूट जाती है। तुम्हें पता है, मैं उसी समय से जाग रही हूँ !"

क्या उत्तर दें वर्माजी ! अपलक रमा के चेहरे को देखते रह जाते हैं। चेहरे पर इधर-उधर उभर आई झुर्रियों की थिरकन से उसके चेहरे पर जैसे कई-कई छन्द उभर आए थे। प्यार-भरे चिन्ता के छन्द। अलग-अलग अर्थों में, अलग-अलग रंगों में। अचानक वर्माजी को खयाल आता है, 'यदि सामन्ता की तरह उनके जीवन की कोई स्थिति उन्हें भी ऐसे ही किसी दोराहे पर खड़ी कर दे तो... ?' ऐसा सोचने मात्र से उनके शरीर में झुरझुरी होने लगती है।

वर्माजी ने तुरन्त अपनी दृष्टि रमा के चेहरे से हटा ली। बच्चों के सामने इस तरह अनुराग-भरी दृष्टि से रमा को देखना...। वे यक-ब-यक मुस्कुरा उठते हैं और उनका चेहरा रोज की तरह स्वाभाविक हो जाता है।

रमा के एक छोटे-से वाक्य से वर्माजी को लगता है कि कई-कई अहसासों के रेशे बाहर आ रहे हैं, जहाँ पर एक पूरा-का-पूरा घर आकार लेने लगा है और उन्हें सामन्ता के पत्र का समाधान सूझ जाता है...। जैसे अखबार के दिनों में देर

रात को कोई बड़ी घटना घट जाने पर उन्हें त्वरित टिप्पणी लिखनी पड़ती थी, ठीक वैसे ही वे सामन्ता के लम्बे पत्र का संक्षिप्त उत्तर आज ही लिखेंगे, 'जेहन में बुना हुआ बसेरा अगर वहीं बना रहे तो सार्थक है सामन्ता, क्योंकि बसेरा कभी पूरा घर नहीं होता है...।'

...कोई नाम न दो

अमरकंटक में पन्द्रह दिनों से हूँ—अब मुझे भोपाल होते हुए दिल्ली लौटना है। इतनी लम्बी अवधि तक अमरकंटक में रहने का यह पहला अवसर था। इस दौरान अपने अधूरे उपन्यास को तो मैंने पूरा किया ही, रोज तीन-चार घंटे की सैर भी की और पहाड़ों की पूरी बसाहट सहित नर्मदा व सोन के उद्गमों की एकाधिक परिक्रमाएँ भी। वापसी के लिए मैंने अमरकंटक एक्सप्रेस में आरक्षण कराया था, अतः मुझे पेंड्रारोड स्टेशन पर पहुँचना था।

स्टेशन आने पर पता चला कि बिलासपुर के पास रेलपात में कुछ खराबी आ गई है, साढ़े बारह बजे के पहले ट्रेन नहीं आएगी। रात आठ बजे के बाद यहाँ सन्नाटा छा जाता है। ऐसे में तीन-चार घंटे प्रतीक्षालय में बैठे रहना मेरे लिए कठिन था। मैं सूटकेस उठाकर स्टेशन से बाहर आ गया।

बाहर हल्की ठंड थी। अभी नौ नहीं बजे थे, फिर भी आधे से अधिक दुकानें बन्द हो गई थीं। एक छोटी-सी चाय की दुकान पर सिर्फ दो लोग बैठे किसी नेता की कार्य-पद्धति की आलोचना कर रहे थे। काफी देर बाद मुझे समझ में आया कि ये छत्तीसगढ़ के मुख्यमन्त्री की चर्चा कर रहे हैं। अच्छा लगा कि हमारे यहाँ

अभिव्यक्ति के लोकतन्त्र-प्रदत्त सुख से साधारण लोग अभी तक वंचित नहीं हुए हैं।

भट्ठी से कुछ दूर, पुरानी-सी कुर्सी पर झक्-सफेद बालोंवाले एक बुजुर्ग बैठे थे। तेरह-चौदह साल का एक लड़का भट्ठी में कुछ गरम कर रहा था। जैसे ही मैं होटल में दाखिल हुआ, कुर्सी पर बैठे बुजुर्ग ने (जो शायद दुकान के मालिक थे) बड़े लचीले ढंग से स्वागत करते हुए कहा, "आइए बाबू साहब, बैठिए।" फिर कामवाले लड़के को पुकारकर कहा, "बाबूजी के लिए पानी लाओ, फिर कड़क चाय।"

एक कुर्सी पर बैठते हुए मैंने सोचा कि ट्रेन सूचित समय पर आ गई तो मुझे अभी पूरे तीन घंटे बिताने हैं। भोजन तो यहाँ क्या मिलेगा, चाय-वाय का जुगाड़ हो जाए, यही बहुत है।

दो ग्राहक जो पहले से डटे हुए थे, आधे घंटे बाद बोल-बतियाकर चले गए। अब हम तीन ही वहाँ रह गए थे। समय काटने की गरज से मैं बुजुर्ग से इधर-उधर की बात करता रहा।

अब तक मैं उन्हें अपने अमरकंटक आने का कारण मोटे तौर पर बता चुका था। एक चायवाले से उपन्यास के थीम और उसके लेखन के विषय में विस्तार से बताने का कोई अर्थ नहीं था। अतः मेरे लिए वह एक निहायत मामूली किस्म की मुलाकात होती...बुजुर्ग ने यदि एक अप्रत्याशित प्रश्न नहीं किया होता।

"बाबूजी, आप लोग जो उपन्यास वगैरह लिखते हैं, उनमें सच्चाई का बयान होता है या यों ही कुछ खयाली जोड़-तोड़ होती है ?"

मेरे लिए दुविधा की स्थिति खड़ी हो गई। मैं उन्हें क्या उत्तर देता। उत्तर भी ऐसा जो भारी-भरकम प्राध्यापकीय किस्म का न हो और उनके जैसे साधारण व्यक्ति को आसानी से समझ में आ जाए। कुछ देर सोचने के बाद मैंने कहा "कोई भी कहानी सच और कल्पना के आधार पर बुनी जाती है। उसमें कितना सच और कितनी कल्पना हो, यह लेखक के अनुभव एवं जानकारी पर निर्भर होता है।"

उत्तर सुनकर वे थोड़ी देर चुप रहे। तब मैंने ही उनसे पूछा, "आपने ऐसा सवाल क्यों किया ?"

बड़े सकुचाते हुए बुजुर्ग ने कहा, "मैं सोचता था कि अधिकतर कहानियाँ कल्पना पर ही आधारित होती हैं। आप लोग जैसा चाहते हैं वैसा लिख लेते हैं।"

उन्होंने अपना वाक्य पूरा किया था कि स्टेशन मास्टर के दफ्तर से पाँच कप चाय लेने एक रेल कर्मचारी आ गया और थोड़ी देर के लिए हमारी बातचीत रुक गई। उसके चाय लेकर जाते ही बात का सूत्र थामते हुए उन्होंने कहा,

"बाबूजी, मैं एक सच्ची घटना जानता हूँ, लेकिन लिखने की कला मुझे नहीं आती, सोचता था कि आप-जैसे किसी लेखक को बताऊँ तो शायद कोई कहानी बन जाए। कहें तो सुनाऊँ।"

मुझे तो समय काटना था, इसलिए मैं तुरन्त तैयार हो गया। किन्तु वे उसी क्षण शुरू नहीं हुए। उन्होंने पूछा, "आप खाना तो खाएँगे न!" मैंने हल्की-सी ना-नुकुर की। उन्होंने कहा, "देखिए मैं अपने हाथ से खाना बनाता हूँ, मुझे अच्छा लगेगा यदि आप हमारे साथ खाना खाएँ।"

एक अपरिचित के प्रति उनकी इस आत्मीयता से मुझे थोड़ी परेशानी हुई। मैंने टालना चाहा, "शुगर और पेट का मरीज हूँ, इसलिए रात को हल्के-फुल्के बिस्किट, ब्रेड आदि लेना चाहता था...."

उन्होंने बात काटते हुए कहा, "अगर आप जात-पात मानते हों तो और बात है, वरना मैं खाना कम मसाले और कम तेल का बनाता हूँ। आपको अच्छा लगेगा।"

मैं चुप रहा। बुजुर्ग ही फिर बोले, "यहाँ आसपास कोई होटल भी नहीं है, मुझे मालूम है कि शुगरवालों को भूख से तकलीफ ज्यादा होती है। मैं झटपट तीनों के लिए खाना बना लूँ। फिर आपको कहानी सुनाऊँगा।"

भोजन वाकई अच्छा था। खाते हुए मैंने महसूस किया कि तृप्ति का सम्बन्ध भोजन के साथ जुड़ी भावनाओं से भी होता है।

भोजन के पश्चात्, बिना किसी औपचारिक भूमिका के उन्होंने एक सच्ची घटना को विस्तार दिया।

बात एक महानगर की है, वहाँ के दर्जीपारा नाम से प्रसिद्ध रैडलाइट एरिया की, जो सेन्ट्रल एवेन्यू स्थित एक पेट्रोल पम्प के दोनों बाजुओं से अन्दर जाती दो गलियों में आबाद है। इन्हीं गलियों में तीन-तीन चार-चार मालों की पाँच-छः बड़ी कोठियाँ हैं। ऊँचे तबके की देहजीवियाँ इन्हीं में रहती हैं। शेष मझोले और छोटे कन्दरानुमा घरों(खोलियों) में बीच का तबका रहता है और निचले तबके की रूपजीवियाँ शाम को सड़कों पर यहाँ-वहाँ खड़ी दिखाई देती हैं।

बड़ी बिल्डिंगों में से एक का नाम है नीलकमल। गजेन्द्र वहीं काम करता था। तीस-बत्तीस साल का गठीले बदन का युवक। शरीर की तुलना में चेहरा कुछ पिटा हुआ। वह कुछ वर्षों से शहरी अवश्य बन गया था, लेकिन गाँव की गन्ध उसके वजूद से पूरी तरह गई नहीं थी। बढ़ी हुई दाढ़ी और बेतरतीब बाल।

पहनावा भी विचित्र था–हमेशा एक लम्बी शेरवानी उसकी एड़ियों तक लटकी रहती। वह सप्ताह में जिस दिन उसे धोता, उस दिन उसी लम्बाई का एक कुर्ता लटका लेता। अपने इस पहनावे के कारण वह अलग से पहचाना जाता था और इसलिए उसे जाननेवालों की संख्या काफी बड़ी हो गई थी।

नीलकमल में एकदम नई-ताजी लड़कियाँ ही रखी जाती थीं, जिनका हर माह मेडिकल चेकअप होता था। मौसी इतनी कठोर थीं कि लन्द-फन्दवाले ग्राहकों को यहाँ नहीं आने देती थीं। ऊँची कीमत अदा करनेवाले ग्राहक ही नीलकमल की सीढ़ियाँ चढ़ पाते थे। यहाँ रहनेवाली हर लड़की के हिस्से में 8×10 का एक कमरा था–वहीं वह खाना पकाती, खाती और वहीं सोती थी। ग्राहकों को धोने-धाने के लिए पानी मुहैया करानेवाले सेवक रखे जाते थे क्योंकि हर कमरे में नल का कनेक्शन नहीं था। गजेन्द्र भी ऐसे ही सेवकों में से एक था।

लेकिन गजेन्द्र जैसे अपनी वेशभूषा में अलग-थलग था, वैसे ही उसका स्वभाव भी औरों से अलग था। नीलकमल में कितनी ही लड़कियाँ थीं और दूसरे पानीवाले कई-कई लड़कियों की सेवा करके ज्यादा पैसे बना लेते थे। लेकिन गजेन्द्र के मन में पैसे का लालच नहीं था। वह सिर्फ सपना के कमरे में ही पानी देता, जिसके एवज में सपना ग्राहकों से उसे कुछ पैसे दिलवा देती थी। एक ग्राहक गया तो दूसरा आया और इस तरह उसे रात-भर में इतने पैसे मिल जाते थे जिनसे अकेले राम का काम चल जाता। मौसी उसके बारे में सिर्फ इतना जानती थी कि वह यहाँ कैसे आया और किस परिवार का है। इसके आगे और कुछ नहीं। उसका निजी जीवन एकदम गोपनीय था। मौसी के लाख कोशिश करने पर भी वह नहीं खुला, तो मौसी ने इस विषय में सवाल करना छोड़ दिया था। उसके स्वभाव से अपरिचित कोई लड़की कभी यह सवाल उठाती, तो उसे एक ही जवाब मिलता, "यह बातें वह पूछे जो ब्याह रचाए, तुम लोगों को मतलब !" कभी-कभार कोई लड़की उसे जान-बूझकर चिढ़ाती, "चल तू मुझे बता दे, मैं रचाऊँगी तुझसे शादी।" वह तमतमाकर उत्तर देता, "हाँ-हाँ, जैसे गाँव छोड़कर तुम्हें ढूँढ़ने ही मैं यहाँ आया था। अरे, तुम जहाँ जाओगी, वहाँ तुम्हारे पीछे-पीछे सब ग्राहक चले आएँगे। हमारे गाँव के लोग एक शादी में एक ही दुल्हन और उसका एक ही दूल्हा देखना पसन्द करते हैं।" यह उत्तर सुनकर तेज-से-तेज लड़की पस्त हो जाती और उसे फिर से छेड़ने की हिम्मत न बटोर पाती।

मौसी उसे समझाती, "एक ही कमरे में पानी पहुँचाने से तुझे क्या मिलता है भला ? दो पैसे जोड़, जिन्दगी में कुछ दूसरे काम कर, कब तक यहाँ सड़ता रहेगा ? तुझमें तो कोई ऐब भी नहीं है। दारू तू छूता नहीं, तम्बाखू-सिगरेट से

तेरा कोई वास्ता नहीं !" वह तपाक से उत्तर देता, "इसीलिए तो मुझे ज्यादा पैसे की जरूरत नहीं है। सपना बहुत अच्छी लड़की है। वह ग्राहकों से मुझे ठीक-ठाक पैसे दिलवा देती है। पानी ही तो देता हूँ। कोई खराब काम तो नहीं करता न। मैं दलाल नहीं हूँ। दो जून का खर्च निकल जाता है। यह क्यों नहीं समझती कि कहीं और जाऊँगा तो तुझे कहाँ पाऊँगा अम्मा। जब से गाँव से आया हूँ, तू ही तो मेरा खयाल रखती है।"

सपना नीलकमल में तीन वर्ष पूर्व आई थी या लाई गई थी और करीब-करीब उसी समय गजेन्द्र का इस मोहल्ले में आना हुआ था। पहले वह इसी बिल्डिंग में तीन-चार लड़कियों के कमरे में पानी पहुँचाता था, लेकिन आहिस्ते-आहिस्ते उसने अपनी सेवाएँ केवल सपना तक सीमित कर ली थीं।

सपना का चेहरा औसत उत्तर-पूर्वी लड़कियों जैसा था। बड़ी-बड़ी आँखें, अपेक्षाकृत छोटी नाक, हँसने में गालों पर एक खूबसूरत गड्ढा बनता था, जो उसके सौन्दर्य को दुगुना कर जाता। औसत ऊँचाई की इकहरे बदनवाली सपना हमेशा हँसती-मुस्कराती मिलती। उसका व्यवहार इतना घरेलू किस्म का था कि उसके ग्राहक भी करीब-करीब उससे बँध गए थे। वह दूसरी लड़कियों से कहती थी, "हर धन्धे का उसूल होता है ग्राहक की पूर्ण सन्तुष्टि, यदि हम उसमें चूक गए तो फिर क्या मतलब है ?" विज्ञापन के अन्दाज में कही गई उसकी बात सुनकर लड़कियाँ मुँह बिचका देतीं, लेकिन मौसी उसे टोकती, "तू किसी दिन फँस जाएगी छोरी, इतनी मत बिछाकर कि लोग तुझे अपना पायदान समझने लगें।"

वह मौसी की सीख को सुनकर भी अनसुनी कर देती।

सपना की इसी ईमानदारी ने गजेन्द्र को बाँध लिया था। वह पानी पहुँचाने के अलावा सपना की हर फरमाइश पूरी करने के लिए मुस्तैद रहता।

मौसी को यह देखकर हैरत होती कि सपना कभी भूलकर भी गजेन्द्र का नाम नहीं लेती थी, हमेशा उसे 'आप' कहकर सम्बोधित करती। किन्तु जब नाराज होती तो गजेन्द्रजी कहती। जहाँ सपना ने नाम के साथ जी लगाकर उसे पुकारा, गजेन्द्र तुरन्त समझ जाता कि वह उससे नाराज है। ऐसे समय में किसी से न दबनेवाला वह कद्दावर पुरुष इतना नरम पड़ जाता कि उसकी हड्डियाँ तक झुकने को तत्पर हो जातीं।

मौसी ने एक बार गजेन्द्र को समझाने की कोशिश की थी, "देख गज्जू, तेरे जैसे बच्चे को जन्माने का सौभाग्य मुझे नहीं मिला, लेकिन जब से तू यहाँ आया, मेरे बेटे-जैसा हो गया है। इतने साल से धन्धा चला रही हूँ, ऐंठनेवाले पुलिस अफसर से लेकर गुंडे-मवालियों तक को करीब से देख चुकी हूँ, उन्हें सँभाल चुकी

हूँ। इसलिए मेरे देखने को अब कुछ बाकी नहीं है रे। इन लड़कियों पर इतनी ज्यादा मुलायमियत दिखानेवाले आज तक सुख से नहीं जी पाए। दुनियादार बनकर दो पैसे कमा। अपना भला देख। मैं कितने दिन की मेहमान हूँ, आगे नाथ न पीछे पगहा। तुझे समझानेवाला भी फिर कौन होगा ? मेरे सामने ही कहीं रच-बस जा तो मुझे चैन आए।"

गजेन्द्र ने भोलेपन से पूछा था, "तुम इतना सब क्यों कह रही हो अम्मा ?"

मौसी कृत्रिम गुस्से से चीख पड़ी थी, "गज्जू के बच्चे, इतना भोला मत बन। सपना के लिए तेरे मन में जो भी है, उसे तेरी ये बटेर-जैसी आँखें खुद-ब-खुद कह जाती हैं। तू ठहरा पानी देनेवाला अदना मुलाजिम, तू अपने को समझता क्या है ? उसके पास एक बार बैठने का खर्चा तुझे मालूम है ?"

गजेन्द्र अजब तरीके से मुस्कुराया था, "छीः मौसी, तू अपने गज्जू को इस कदर ओछा समझती है !"

कुछ ठहरकर गजेन्द्र ने फिर कहा था, "तेरे कारण ही मेरी जान यहाँ अटकी हुई है। जैसे तेरे आगे-पीछे कोई नहीं, वैसे ही मेरे भी सारे रास्ते बन्द। जिस दिन तू आँख मूँद लेगी, मैं इस देहरी को छोड़ जाऊँगा। जहाँ तक सपना का सवाल है, वह मुझे एक अच्छी कहानी-जैसी लगती है, उसे पढ़ता रहता हूँ, बस यहीं तक। इसमें तू इतनी परेशान क्यों होती है ? तू जैसा सोचती है वैसा कुछ नहीं है अम्मा, निश्चिन्त रह। घर-बार, प्रेम-प्रीत सब गुरुजी के चरणों पर धर आया था। एक बार अपने लोगों से बिछड़ चुका हूँ, अब तुझे नहीं खोना चाहता।"

इस उत्तर के बाद से मौसी ने गजेन्द्र को टोकना छोड़ दिया, पर सपना को अकेले में टटोलने की कोशिश वह करती रहती। सपना खिलखिलाकर बिन्दास तरीके से कहती, "कुछ लोगों को शक की बीमारी हो जाती है। अरे शक ही करना है तो किसी बराबरीवाले के लिए करो। ये गजेन्द्रजी मुझे लेकर क्या अचार डालेंगे ? उसके पास तो न अचार के मसाले हैं, न उसे रखने के बर्तन। किसका मुँह और कैसी दाल ?"

इस खनकते उत्तर से मौसी स्वयं उलझकर रह जाती—तब क्या उसकी अनुभवी आँखें धोखा खा गई हैं ?

गाँव से भागकर गजेन्द्र ने सीधे इस महानगर का रुख किया था और यहाँ उसे गाँव के रुद्रप्रताप चाचा को ढूँढ़ निकालना था। उनका पता-ठिकाना उसे कण्ठस्थ था—पेट्रोल पम्प के दाईं ओर, हीराबाई का मकान, दर्जीपारा, सेन्ट्रल एवेन्यू। लेकिन इतने बड़े शहर में ठिकाने तक पहुँचे कैसे ? डर के मारे किसी सवारी में नहीं बैठा, पता नहीं कितना पैसा माँग ले, उतने पैसे उसके पास न हों

तो ? ऐसे समय मीलों पैदल चलने की उसकी पुरानी आदत ने साथ दिया। वह घूमता रहा और आश्चर्यचकित होता रहा–इतनी चौड़ी सड़कें, इतने सारे लोग, सभी बहुत जल्दी में, ट्राम, ढेर सारी बसें, आदमी द्वारा खींचे जानेवाले रिक्शे। औरतों को भी पहली बार खुले लिबास में देखकर वह अचकचा गया था। उसके गाँव-जैसा कुछ भी तो यहाँ नहीं था–क्या जाने रुद्रप्रताप चाचा भी यहाँ आकर बदल गए हों। अगर सचमुच ऐसा हुआ और उन्होंने उसे पहचानने से इनकार कर दिया, तब क्या होगा ? यह सोचकर उसे घबराहट होने लगती।

लेकिन उसकी चिन्ता के विपरीत चाचा उसे देखते ही पहचान गए थे, पर उससे मिलकर ज्यादा खुश भी नहीं हुए थे और अपने अक्खड़ स्वभाव के चलते उन्होंने अपनी अप्रसन्नता छिपाई भी नहीं थी। मगर गजेन्द्र को चाचा के मिल जाने की इतनी खुशी हुई कि उसने उनकी नाखुशी की परवाह नहीं की थी।

दरअसल गजेन्द्र बिना किसी सूचना के आ टपका था और प्रताप चाचा अपनी असलियत को नहीं छुपा पाए थे। छोटी-सी खोली से जब वह शाम को थोड़ी देर के लिए बाहर निकला तो उसे यह समझते देर नहीं लगी कि वह यहाँ लड़कियों की दलाली से अपना गुजर-बसर करते हैं, जबकि गाँववालों को पता था कि वे छोटी-मोटी ठेकेदारी करते हैं।

महानगर में घरेलू नौकरी करनी हो तो पुलिस स्टेशन पर नाम-पता-फोटो जमा करने के साथ एक जमानत भी देनी पड़ती है। गजेन्द्र पुलिस के नाम से ही काँप गया और चाचा को बताना पड़ा कि वह सरकार-विरोधी एक संगठन का खबरी था। जैसे ही गुरुजी को सूचना मिली थी कि पुलिस को उसकी असलियत का पता चल गया है, उन्होंने उसे कुछ पैसे देकर तुरन्त भाग जाने का आदेश दिया था। पार्टी में आदेश पत्थर की लकीर होता है, नहीं मानो तो पार्टी ही खलास कर देगी।

एक तो महानगर, तिस पर कम पढ़ा-लिखा। इसी कारण पार्टी में भी उसे खबरी (सन्देशवाहक) का काम दिया गया था। घूमो-दौड़ो और गुरुजी को जमीदारों, भूमाफियाओं, घूसखोरों, जमाखोरों, ऐयाशों के बारे में ठिकाने सहित खबर लाकर दे दो। भरपेट खाओ, गुरुजी की सेवा करो और पड़े रहो।

थक-हारकर चाचा ने उसे अपनी ही दुनिया में खींच लिया था और नीलकमल-जैसी ऊँचे दर्जे की बिल्डिंग में यहाँ के हिसाब से सबसे कम पापवाला काम यानी पानीवाले का काम मौसी की मेहरबानी से उसे मिल गया था।

पहले दिन का पहला अनुभव ? उस दिन गजेन्द्र खोली पर लौटने के बाद थका होने पर भी सो नहीं पाया। पार्टी में काम करते-करते रोने-धोने जैसी

भावुकता से कब का नाता टूट चुका था, पर घृणा और नाराजगी से तो नहीं उबर सकता था। अपनी लाचारी पर उसे रह-रहकर गुस्सा आ रहा था, खुद पर घिन आ रही थी। छिः, यह भी कोई काम है भला ? हाथ-पाँव सलामत रहते इतना नीच काम ? वह किसी दीगर काम के बारे में सोचता तो घूम-फिरकर पुलिस का भय उसे आ दबोचता। इस तरह आत्ममंथन करने हुए पानीवाला काम भी उसकी आदतों का हिस्सा बनता चला गया। गुरुजी का एक वाक्य उसे हमेशा सहलाता रहता, "दुनिया में अपने कार्य से यदि तुम किसी को दुःख-यातना या नुकसान नहीं पहुँचा रहे हो तो वह काम खराब नहीं होता।"

उसे याद है, शुरुआती दौर में पार्टी के किसी कार्य को लेकर उसके मन में उठे बवण्डर के सन्दर्भ में गुरुजी ने यह बात कही थी। अपने वर्तमान काम को लेकर उसके मन में अब न कोई द्वन्द्व है, न खेद। उसने अपने को एक अबूझ चादर से ढाँप रखा है—मौसी और सपना के सिवाय कोई दूसरा उसके इस नाजुक अँधेरे कोने में झाँक भी नहीं सकता।

गजेन्द्र हमेशा से ऐसा नहीं था। गुरुजी के सम्पर्क में आने से पहले वह अखाड़े का अव्वल नम्बर का पहलवान, कबड्डी दल का नेता और लड़कियों की एक नम्बर पसन्द हुआ करता था। गाँव में सेक्स पर इतनी तवज्जो कोई नहीं देता कि वह दिन-रात के लिए जुगाली का विषय बन जाए। वह नर-मादा के बीच के चरम क्षणों से भी अपरिचित नहीं था, किन्तु जिस दिन से वह गुरुजी के करीब पहुँचा, आहिस्ते-आहिस्ते उसके सोचने-समझने की दिशा ही बदल गई थी। गुरुजी कहा करते थे, "सुनो गजेन्द्र, वही भावुकता सच्ची और जायज है जो पूरे समाज के लिए हो। किसी एक तक सीमित नहीं रहे। समझो—किस तरह प्यार-जैसे शब्द को खुदगर्जी के दरवाजे पर लाकर भिखारी बना दिया गया है। क्या प्यार सिर्फ नर और मादा के बीच का मसला है ? हमारे दीगर सम्बन्धों को, अपने देश से, संस्कृति से, साधारण जनता से जुड़ने को प्यार की दृष्टि से क्यों नहीं देखा जाता ? हमें सबसे पहले तो यह सोचना चाहिए कि गैर-प्राथमिक भावुकताएँ क्या गुलामों को शोभा देती हैं ? जिस मुल्क में आजादी अभी भी चन्द लोगों की मुट्ठियों में कैद हो, वहाँ किस बिना पर लोग प्यार-व्यार और आजादी का जश्न मना रहे हैं, यह मेरी समझ में नहीं आता।"

इतनी गूढ़ बातें गजेन्द्र को पहले कहाँ समझ में आती थीं। उसने स्वयं को हर स्तर पर गुरुजी के हवाले कर दिया था, वे जो कहते उतना ही उसके लिए सच था, बाकी सब निरर्थक। फिर धीरे-धीरे उसके भीतरी मन में गुरुजी की बातें मुकम्मल तौर पर पैठती चली गईं।

सपना के पास तरह-तरह के ग्राहक आते, कच्ची उम्र से लेकर उससे दुगुनी उम्र तक के। कभी-कभार गजेन्द्र ग्राहक के जाने के बाद सपना के चेहरे पर उभरी पीड़ा के भाव देखता, तो वह सोचने लगता—वात्स्यायन ऋषि ने कामक्रीड़ा को शास्त्र में शामिल किया है, किन्तु यहाँ आकर अधिकांश लोग पशुओं-जैसा व्यवहार क्यों करने लगते हैं ? एक अनोखे सुख-संग की प्रक्रिया में यहाँ न कोई छन्द है, न लय, न ताल !

किसी लड़की के कमरे में पानी देकर लौट आने के बाद ग्राहक के रहते पानीवाले को या किसी अन्य को उस कमरे में जाने की इजाजत नहीं है, यही कायदा है यहाँ का। लेकिन सपना इन कायदों को नहीं मानती थी और ग्राहक के रहते ही जब-तब गजेन्द्र को आवाज देती रहती। उन क्षणों में उसे कमरे की मद्धम रोशनी में सपना की नग्न देह की झलक मिल जाती और उसके भीतर कहीं कुछ अव्यवस्थित-सा हो जाता। वह सोचता कि सपना की संगमरमर-जैसी देह के विभिन्न अवयवों को तराशते शायद भगवान भी हड़बड़ा गए होंगे। उसे स्वयं पर आश्चर्य होता कि ऐसे समय में भी उसके भीतर कहीं कोई उत्तेजना नहीं व्यापती, उलटे उसे अपनी नसों में कोई मद्धम किस्म का छन्द तैरता-सा महसूस होता। वह कई बार अपने-आपसे पूछता कि उसकी देह क्यों स्वाभाविक तरह से कोई प्रतिक्रिया नहीं देती। क्यों सपना उसके मन को इस तरह आच्छन्न किए रहती है कि वह चुपा जाता है। गुरुजी ने चार जमात तक पढ़े इस गज्जू को बार-बार यह तो समझाया था कि समाज क्या है, समानता-असमानता क्या है, किन्तु औरत-मर्द के सम्बन्ध पर कोई विशेष चर्चा कभी नहीं की थी। शायद इसलिए कि वे स्वयं अविवाहित थे और ऐसे सम्बन्धों की उन्हें जानकारी ही नहीं होगी। वे तो हमेशा गहन-गम्भीर बातें ही करते—"यह कौन-सी आजादी है ? कीड़े-मकोड़े-जैसा जीवन जीते और असमानता के बीच रहते कोई समाज अपने को आजाद कैसे कह सकता है ? इसलिए गज्जू, मेरे मिशन के साथ चलो और एक नई आजादी की लड़ाई लड़ो।" गुरुजी की ऐसी शिक्षाओं का ही नतीजा था कि गाँव का जो गज्जू पहले अपनी जमीन, अपनी महतारी, अपने बाबू और दोस्त लड़के-लड़कियों के अलावा किसी की सुध नहीं लेता था, उसने अपने मन के सिंहासन पर गुरुजी को बिठा लिया था। फिर भी एक शौक उसने जरूर पाल रखा था—जब मौका मिलता, जंगल में भाग जाता और जंगली जानवरों की आवाजों की नकल करता, पेड़ से टपके बया के परित्यक्त घोंसले एकत्रित करता। यहाँ सपना को तरह-तरह के ग्राहकों से घिरी देखकर वह अपने भीतर समा जाता, जैसे गाँव में रहते हुए अचानक वह जंगल में भाग जाया करता था। शायद उसी लय के झोंके में सपना

की देह की झलक मात्र से उसे बया का घोंसला याद आ जाता। लगता जैसे सपना की देह भी उस घोंसले की भाँति ही मुलायमियत के साथ तराशी गई है। उसका खूब जी करता कि वह भी उस देह को छूकर देखे।

ऐसा नहीं कि सपना गजेन्द्र के विषय में कुछ नहीं सोचती थी। उसे अपने से सात-आठ वर्ष बड़ा यह व्यक्ति बिल्कुल घर के बड़ों की तरह लगता, जो उसकी हर सुविधा-असुविधा का ध्यान रखता और उसे उचित-अनुचित समझाता था– "देखो सपना, अमुक आदमी मुझे ठीक नहीं लगता। उस दिन तुम्हारी बाँह पर उसने दाँत गड़ा दिए थे, सेप्टिक हो जाता तो ? आदमी के दाँत बहुत जहरीले जो होते हैं।" कभी कहता, "अमुक ने नाखून से तुम्हारे गाल को नोच लिया। तुम कहो तो उसे दरवाजे से ही चलता कर दूँ ?" उसकी इन बातों से कभी-कभी सपना को चिढ़ होती और मन-ही-मन वह कहती कि "धन्धा मैं करती हूँ, पैसे ग्राहक देते हैं–यह बीच में गजेन्द्र को तकलीफ क्यों होने लगती है ? वे अपनी सीमाओं में क्यों नहीं रहते ? मेरे ऊपर क्या अधिकार है उनका ? ठीक ही तो शक करती हैं बिल्डिंग की लड़कियाँ।" एकाध बार उसने सोचा कि वह गजेन्द्र को सुना ही देगी किसी दिन कि अभिभावकत्व की दादागिरी वह कहीं और दिखाएँ। पर कह कहाँ पाई। जाने क्या बात है उन बटन-जैसी, हमेशा कुछ कहती-सी आँखों में। पर आँखों की भाषा समझना सपना के बस की बात नहीं। यदि वह आँखों की भाषा समझ पाती तो जो दरिन्दे खेल-खाकर उसे यहाँ पहुँचा गए थे, उनसे वह समय रहते सावधान हो गई होती। उसे मालूम है दुनिया में जितने लोग दुःखी हैं वे सब ज्यादा सोचने-समझने की इस बीमारी के चलते दुःखी हैं। वर्तमान को बिल्कुल इत्मीनान के साथ जीने की उसने आदत बना ली है। न तो वह अतीत की जुगाली करती है और न भविष्य की मीनार पर चढ़ती है। उसका सूत्रवाक्य है–हम जो हैं सो हैं, बस यही बनी रहें, क्या इतना काफी नहीं है ?

उस दिन तो हद हो गई जब सपना की हल्की-सी चीख सुनकर गजेन्द्र उसके दरवाजे पर मुक्का मारते हुए दहाड़ा था, "क्या हुआ सपना, दरवाजा खोलो तो मैं इस जानवर की हड्डियाँ गिन लूँ...।"

थोड़ी देर बाद सपना ने दरवाजा खोला था–सिर्फ एक टावेल की ओट में निर्वस्त्र और अपने स्वभाव के विपरीत वह बिफर पड़ी थी, "कहाँ क्या हुआ ? आप मेरे बाडीगार्ड हैं क्या ? क्यों इस तरह बिना बुलाए अपनी ताहुतदारी झाड़ते हैं ? जाइए, अपना काम कीजिए।" और दरवाजा धमाके के साथ बन्द हो गया था।

सपना का इस तरह दहाड़ना गजेन्द्र के लिए, बिल्डिंग की दूसरी लड़कियों के लिए और यहाँ तक कि मौसी के लिए भी नया अनुभव था। गजेन्द्र बन्द

दरवाजे के बाहर संज्ञाशून्य-सा खड़ा रह गया था।

उस समय गजेन्द्र को अचानक गुरुजी की याद आई थी। उसे अब तक अपमान की आग से तप जाना चाहिए था, पर हमेशा चूक हो जाती है और गुरुजी उससे सधते नहीं हैं। यह कम्बख्त मन गुरुजी के और उसके बीच घना बादल बनकर छा जाता है। आखिर इतनी लड़कियाँ हैं इस बिल्डिंग में, पर उसने अपनी समूची निष्ठा और एकाग्रता सपना में ही क्यों केन्द्रित कर ली है ? यह सब क्यों बरदाश्त करता है वह ? क्या उसे सपना के ग्राहकों से ईर्ष्या होने लगी है ? इस प्रश्न पर भी तो उसका मन स्पष्ट कुछ नहीं कहता है...।

अचानक उसे चिड़ियों की याद आ गई। चिड़ियों के घोंसले भी कितने हिसाब से बनते हैं। उनके अण्डे और न उड़ने लायक बच्चे ही उसमें समा सकते हैं। एक चिड़िया के रहते दूसरी के लिए वहाँ कोई जगह शेष नहीं रहती। मन में यह विचार आते ही उसे अपने पर खीझ हुई–धत्। इस दुनियादारी की संकीर्णता में खामखा बेचारी चिड़ियों को क्यों खींच लाया?

दो-तीन वर्षों में गजेन्द्र ने इतने पैसे जोड़ लिए थे कि चाहता तो कभी-कभार सपना का बाकायदा ग्राहक बन सकता था, पर उसकी अन्तरात्मा ने इस तरह सोचने की उसे कभी इजाजत नहीं दी...।

उस दिन के बाद सपना फिर कभी उस पर नहीं बरसी। गजेन्द्र की सेवा में भी हमेशा की तरह कोई कमी नहीं आई। न किसी ने माफी माँगी, न किसी को बीते कल के लिए कोई पछतावा था। हर दिन की तरह 'जैसे थे वैसे हैं' वाली आदत के अनुसार दोनों बोल-बतिया रहे थे।

पौ फटते ही इस महानगर में हलचल शुरू हो जाती है। रात की नीरवता को सबसे पहले ट्रकों का शोर दरका देता है। इसके बाद जागते हैं रोजी-मजूरी करनेवाले, सब्जीमण्डी के लोग, छोटी चाय की दुकानवाले और रिक्शा-टैक्सीवाले। किन्तु दर्जीपारा में रात की खुमारी दोपहर तक काबिज रहती है। दोपहर होते ही कोठा हो या खोली, आम घरों की तरह बोलने-बतियाने लगते हैं। 'आज क्या सब्जी बनेगी' से लेकर दूध में पानी मिलाने और महँगाई को कोसने तक की बातें। निहायत परिचित-सा माहौल। मगर जैसे ही शाम की परछाइयाँ दस्तक देती हैं, बुझे-अनबुझे सभी चेहरे एकाएक सजने-सँवरने लगते हैं, जैसे उन्हें लगने लगता है कि वक्त कहीं हाथों से फिसल न जाए। यहाँ वक्त भी तो ग्राहक की शक्ल में आता-जाता है–कभी निगलने को आतुर तो कभी कन्नी काटकर भागता हुआ। इसलिए मन की सुध लेने के अवसर सिकुड़ जाते हैं और तन को ज्यादा देर तक जगाए रखने या तरोताजा बनाए रखने की दौड़ शुरू हो जाती है।

वर्तमान को पूरी तरह निचोड़ने के फेर में कब कोई मात खा जाएगा, यह इस मंडी की जन्मकुण्डली में कोई नहीं लिख सकता। नीलकमल की ऊँची कीमतवाली लड़की कल सड़कों पर पंक्तियों में खड़ी मिल सकती है। यहाँ किस्मत का सफर इनसान नहीं सिर्फ जिस्म तय करता है। गजेन्द्र को यह सब इसलिए सूझ रहा था कि कुछ दिनों से उसे लगने लगा था कि कहीं कोई गड़बड़ जरूर है। लेकिन उसने कहा कुछ नहीं, बस टोह लेता रहा। उसने लक्ष्य किया कि सपना आजकल ज्यादा थकी-थकी-सी दिखलाई देती है। किसी के पूछने पर वह चिड़चिड़ा जाती है। उसका व्यवहार पहले की अपेक्षा काफी बदला-सा लगता है। ग्राहक आते, कुछ देर उसके साथ बातें करते और चले जाते। वह उसे पानी के लिए भी नहीं बुलाती। उसके कमरे से निकलते ग्राहक के चेहरे पर झुँझलाहट के भाव भी उसने देखे। जो ग्राहक दूसरी लड़कियों की तरफ देखना भी पसन्द नहीं करते थे, उन्हें जब गजेन्द्र ने सपना के कमरे से निकलकर दूसरी लड़कियों के कमरे में जाते देखा तो एक दिन उसने सपना से पूछ ही लिया था, "कोई दिक्कत है क्या ?" सपना चौंक गई, कहा, "ऐसी कोई बात नहीं...मौसी को भी बताने की जरूरत नहीं है...समझ गए न आप ? आपकी रोज की कमाई में जो कमी आ गई है, उसे मैं पूरा कर दूँगी।"

सपना की बात सुनकर गजेन्द्र चुप रह गया था। क्या कहता ? लेकिन मन-ही-मन वह सोचने लगा था–'क्या पूछ-परख को सिर्फ पैसे से तौला जा सकता है ? इस बेचारी को यहाँ पैसे की खनक ही सुनाई देती है, इनसानी हमदर्दी का इसके लिए कोई मोल नहीं है।'

गजेन्द्र को यह समझते देर नहीं लगी थी कि अवश्य ही ऐसा कुछ है, जो सपना के हक में कतई अच्छा नहीं है।

तभी एक दिन मौसी ने आनन-फानन में फरमान जारी कर दिया, "फटाफट इलाज कराओ, दस-पन्द्रह दिनों में अगर अपने को परोसने लायक बना लोगी तो ठीक, वर्ना नीलकमल से दफा हो जाओ, समझी !" सपना के जो बँधे-बँधाए ग्राहक दूसरी लड़कियों के पास जाने लगे थे, उन्हीं में से किसी ने मौसी को खबर कर दी थी।

सब दिन एक जैसे तो नहीं बीतते न ! सपना को अक्सर बुखार रहने लगा। डॉक्टर आता, दरवाजा बन्द कर जाँच करता और दवा देकर चला जाता। बाद में गजेन्द्र को पता चला था कि मौसी के दैनिक हिसाब के पैसे देने और डॉक्टर का मुँह बन्द रखने के चक्कर में सपना की जमा-पूँजी खर्च हो गई थी, अतः उसने दवा और इंजेक्शन के खर्चों में चुपचाप कटौती कर ली थी। नतीजा यह कि

बीमारी बढ़ती चली गई। चेहरे पर कालिख की छाया गहराने लगी। गोरी देह पर लाल चकत्ते उभर आए, जो लाख जतन करने पर भी नहीं छुपते थे। मौसी सामने पड़ जाती तो सपना कन्नी काट जाती। उधर मौसी का बड़बड़ाना बढ़ गया था। "नासपीटी ने जरूर सावधानी नहीं बरती है—ये सब गर्मी की बीमारी के लक्षण हैं। उससे कह दो, मेरा नीलकमल खाली करे और खोली ले ले। मेरी बिल्डिंग के नाम पर बट्टा लगा देगी यह छोरी।"

सपना के ग्राहक घटते-घटते शून्य तक पहुँच गए। लेकिन गजेन्द्र उसी तरह आता रहा—सपना के लिए दवा और सौदा लाना उसकी दिनचर्या में शामिल था। ग्राहक नहीं आते तो उसे भी पानी के पैसे नहीं मिलते, इसकी उसे कतई परवाह नहीं थी। उसने अपने मन से पूछा, "इसे क्या कहेंगे ? क्या यह महज करुणा है...? या मानव-सेवा...?" हमेशा की तरह इस बार भी उसके मन ने कोई उत्तर नहीं दिया था...।

उस दिन जाने क्या हुआ कि सुबह-सवेरे ही नीलकमल बिल्डिंग की ओर निकल पड़ा। समीप पहुँचा तो भीड़ देखकर उसके कान खड़े हुए। मौसी का नौकर सपना का सामान लाकर फेंकने के अन्दाज में बाहर रखे जा रहा था और अन्दर से मौसी के चीखने की आवाज आ रही थी, "निकाल बाहर करो कलमुँही को। एक तो बीमारी लगा बैठी, ऊपर से हमारी ही छाती पर मूँग दलना चाहती है। इलाज तो करा नहीं पाती, बड़ी आई किराया पटानेवाली। दीगर लड़कियों का भी धन्धा खराब करेगी...।"

सब लड़कियों के चेहरों पर आतंक का साया पसरा हुआ था।

सपना रो रही थी। उसे इस हालत में देखकर गजेन्द्र स्तब्ध रह गया। जिस शरीर को उसने हमेशा अधखुले या टाइटफिट वस्त्रों में देखा था, वह आज पूरी भीड़ के सामने अपने को चादर की ओट में छिपाने का प्रयास कर रहा था। आँसुओं में डूबी आज की यह सपना उसे बिल्कुल अपरिचित लगी। आज मौसी की बिल्डिंग में रहनेवाला कोई भी उसके साथ नहीं था। साथ रहने की परिस्थिति किसी की थी भी कहाँ ? सबके-सब तो अनिश्चय के छोर पर खड़े थे, पाँव फिसला नहीं कि गए काम से।

अचानक गजेन्द्र जैसे सोते से जागा और सधे कदमों से सपना की ओर बढ़ा। पास आकर उसने सपना के कन्धे पर हाथ रखा (पहला स्पर्श), "रोते नहीं पगली, मैं हूँ न तुम्हारा सेवक। आओ, चलो मेरे घर...।"

सहानुभूति पाकर सपना की रुलाई का वेग एकाएक बढ़ गया। गजेन्द्र को लगा कि यह क्षण कहने का नहीं, करने का है और वह आनन-फानन में सामान

ढोने के लिए एक ठेला ले आया। प्रताप चाचा दो-तीन माह के लिए गाँव गए हैं। हमारी खोली में सपना रह लेगी, इलाज कराएगी...वह सोच रहा था।

सपना के पाँव चलने से इनकार कर रहे थे, किन्तु परिस्थितियाँ उसे गजेन्द्र के पीछे-पीछे चलने को बाध्य कर रही थीं। तभी बिल्डिंग के दरवाजे पर खड़ी मौसी की धमाकेदार आवाज कान में पड़ी–"यह छोरा भी मरेगा इसके साथ...चाचा भड़ुआ...भतीजा समाजसेवक...। रण्डी से प्यार...नाटक करता है साला...देखें कब तक रखेगा इसे। औकात क्या है...अदना पानीवाला। पानी ही नहीं होगा तो क्या निचोड़ेगा छोरे।"

मौसी बकती रही, पर वह तो जैसे नशे की हालत में चला जा रहा था। अपनी खोली तक आते-आते कितनी बातें और ढेर सारे प्रश्न उसके जेहन में उभरने लगे। सपना को वह किस हैसियत से अपनी खोली में ले जा रहा है ? क्या कभी वह स्वस्थ सपना को इस तरह अपने साथ लाने की जुर्रत कर सकता था ? मौसी के भाड़े के गुंडे तब क्या मूकदर्शक बने रहते ? आज किसी ने उसे न रोका न टोका, क्योंकि इस बीमार लड़की का उनकी मंडी में कोई मोल नहीं है। सपना और गजेन्द्र के सम्बन्धों को एक खास परिभाषा में बाँधकर देखनेवाले भी इस समय चुप थे। स्वयं गजेन्द्र के मन ने भी ऐसा कोई संकेत कहाँ दिया ! बस उसके भीतर का सेवक जागा और वह एक बीमार-लाचार की सेवा के लिए उसे अपने साथ ले आया।

गजेन्द्र की खोली में आकर सपना खाट पर बैठते ही बेहोश हो गई। वह दौड़ा उसी परिचित डॉक्टर के पास। इंजेक्शन लगाने के बाद डॉक्टर ने कहा, "बेचारी नियम से दवा तो लेती नहीं थी, पर मौसी का किराया नियम से चुकाती थी। फिर भी अन्त तक वहाँ नहीं रह पाई...खूब जतन की, नियम से दवा की जरूरत है...तब शायद ठीक हो जाए।"

बेहोश सपना के शरीर से कपड़े उतारकर उसे चादर से ढाँपते हुए एक समय के पहलवान गजेन्द्र के हौसले कुछ पल के लिए पस्त हो गए। पर अब कुछ भी सोचने-समझने का वक्त कहाँ था। सपना के जागने से पहले उसके जिस्म के घावों की सफाई गरम पानी से करनी पड़ेगी। डॉक्टर साहब का दिया मरहम लगाना पड़ेगा। रोज के कपड़े पहनेगी तो फिर रगड़ खाकर घाव हरे हो जाएँगे, कल उसके लिए एक गाउन खरीद लाएगा।

सपना के वक्ष पर बड़े-बड़े लाल घाव थे, वैसे ही पीठ, पेट और जाँघ पर। गजेन्द्र पहले उबलते गरम पानी में रुई डुबोता, फिर काफी जतन से घावों पर रखकर इतने आहिस्ते से पीब साफ करता कि सपना को पीड़ा न हो, वह जाग

न जाए। उसे स्वयं पता नहीं था कि वह एक प्रशिक्षित नर्स की तरह सपना की देखरेख कर सकेगा। कल तक वह बया के घोंसले जैसी सपना की देह को छूना चाहता था, पर वह उसकी पहुँच से परे थी। आज वही देह उसके इतने करीब है...लेकिन बया का घोंसला अब टूट गया है...। इस समय भी उसने अपने मन से पूछने की कोशिश की, "अब तो बताओ...यह सब क्या है ?" किन्तु गुरुजी की सीख से बँधे मन ने इस बार भी कोई उत्तर नहीं दिया। उनकी कही बात उस समय समझ में नहीं आई थी। इतने वर्षों बाद जैसे उन बातों के सूत्र हल हो रहे हैं। उन्होंने कभी किसी प्रसंग में कहा था, "शरीर और मस्तिष्क से एक साथ जुड़ा मसला है सेक्स। यदि हमारे मस्तिष्क में ज्ञान-ध्यान, पढ़ाई-लिखाई, देश-काल और सोच के अलग-अलग धरातल अधिक संख्या में हों, तो इन सबके वजन से सहमकर सेक्स का धरातल अपनी सीमा में रहता है। मस्तिष्क विचारशून्य होने लगे तो सेक्स के धरातल को अपने करतब दिखाने के अवसर मिल जाते हैं। इसलिए विचारों को मस्तिष्क में लगातार आते रहने दो गजेन्द्र, देखना देह की माँग विवेक के अनुशासन में रहना सीख लेगी।"

सपना की पीठ पर के घाव कुछ ज्यादा फैल गए थे। उन पर मरहम का लेप लगाते समय उसे अपनी माँ याद आती...। घावों से उठती खास तरह की दुर्गन्ध से भी अब उसे कोई परेशानी नहीं होती। वह सोचता, नर्सें और आयाएँ अनचीन्हे-अनजाने मरीज की सेवा भी कितने जतन से करती हैं, फिर सपना तो...। वह सर को झटक देता ओर सूखे घावों की पपड़ियों को नाखून की नोक से ऐसे खुरचता जैसे पत्तियों पर से ओस की बूँदें बटोर रहा हो—पपड़ियाँ रह जाएँ तो खुजली होती है—गलती से कहीं सपना ने खुजला लिया तो फिर हरिया सकते हैं ये सूखते घाव।

गाँव से प्रताप चाचा के लौट आने के पहले ही सपना तकरीबन ठीक हो गई। सब घाव सूख गए थे, डॉक्टर साहब ने एक विशेष क्रीम दी थी, जिसे लगाते रहने से पीठ के कुछ हिस्से को छोड़कर शेष दाग भी तेजी से मिट गए थे। गजेन्द्र ने जितना कुछ इन तीन वर्षों में जोड़-जाड़कर रखा था, वह सब दरियादिली से सपना की बीमारी में खर्च कर दिया था। सपना की आँखों में कभी नमी-सी उतर आती और कहती, "गजेन्द्रजी, पिछले जन्म में आप मेरे क्या लगते थे, नहीं जानती, पर इस जन्म में तो सगे से बढ़कर साबित हुए हो।"

गजेन्द्र कुछ कह नहीं पाता। कई सवालों की सलवटों के साथ बस उसका चेहरा दुगुने वेग से खिल जाता है।

गजेन्द्र को पिछले डेढ़ माह से यह अहसास होने लगा था कि चाहे माँ हो,

बहन हो, बान्धवी हो या सम्बोधन से परे कोई हो—एक औरत की उपस्थिति मात्र से घर का अर्थ बदलने लगता है, जाने-अनजाने में अव्यवस्थित भी व्यवस्थित होने लगता है।

सपना और गजेन्द्र अपनी-अपनी सीमाओं में रहकर भी बाहरी दुनिया का यथार्थ भूलने लगे थे। गजेन्द्र तो बाजार-हाट करता ही था, सपना भी अब खाना बनाने लगी थी। दोनों वर्तमान में जी रहे थे, भविष्य के विषय में कोई कुछ न कहता। गजेन्द्र सोचता, चाचा के आने पर देखा जाएगा। तब तक इस खोली को घर बने रहने देने में हर्ज ही क्या है।

उस दिन गजेन्द्र शाम को सौदा लेकर लौटा तो अचानक सपना को गुनगुनाते पाया। उसे अच्छा लगा। बोला, "आज तो बहुत प्रसन्न हो।"

अपने में खोई-खोई सपना ने हामी भरते हुए कहा, "हाँ, आज मैं नीलकमल गई थी, मौसी से मिलने।"

सपना के इस छोटे-से वाक्य ने गजेन्द्र की भीतरी दृढ़ता को जैसे अचानक दरका दिया, किन्तु अपनी आदत का वह क्या करे ! निर्विकार भाव से पूछ-भर लिया, "क्या कहा मौसी ने ?"

"मुझे देखते ही पहले तो हक्की-बक्की रह गईं, फिर बाँहों में समेटते हुए कहा—नजर न लगे मेरी बन्नो को किसी की ! छोरी का रूप देखो कैसा निखर आया है ! जादू आता होगा जरूर उस गज्जू के बच्चे को, उसी की सेवा के चलते तू पहले से ज्यादा कटार-जैसी हो गई है री छोरी।"

गजेन्द्र के चेहरे की ओर देखने की फुरसत कहाँ थी सपना को, वह तो आत्ममुग्ध-सी कहे जा रही थी, "मौसी कल ही नौकर भेजेगी मेरा सामान ले जाने के लिए। उन्होंने खुश होकर मुझे नीलकमल में लौटने को कहा है और मेरी एक शर्त मान ली है—मेरी दवा-दारू में आपके जितने पैसे लगे हैं, मौसी आपको लौटा देगी, बतौर बख्शीश। आपके लिए भी मुझे उलाहना दे रही थी—तू आ जाएगी तो पीछे-पीछे वह भी लौट आएगा, देखना।" उजाले से अचानक अँधेरे में जाने पर जैसे कुछ भी नहीं सूझता—गजेन्द्र को समझ में नहीं आया कि वह खुश है या दुःखी। अभी तक वह सब्जीवाला थैला हाथ में लिये ही खड़ा था और उसे यथास्थान रखना भूल चुका था...।

कहानी खत्म हो चुकी थी। एकाएक मुझसे कुछ कहते नहीं बना। बुजुर्ग सज्जन सुनाकर जैसे निजात पा चुके थे, उन्होंने भी मेरी प्रतिक्रिया नहीं पूछी। वे भट्टी

में कोयला डालकर उसे तेज करने की प्रक्रिया में जुट गए। रेलवे का कर्मचारी चाय के लिए फिर आ गया था, उसी ने खबर दी कि गाड़ी करगीरोड से रवाना हो चुकी है।

मैं उस कहानी की डूब से बमुश्किल बाहर आया तो बुजुर्ग ने चाय का एक प्याला मेरे सामने रख दिया। मैंने जल्दी-जल्दी चाय पी और महसूस किया कि इससे कहानी का तात्कालिक दबाव कुछ कम हुआ है।

मैंने बुजुर्ग से कहा, "आपने बताया कि यह सच्ची घटना है। इतने विस्तार से और इतने सटीक विवरण आपने दिए हैं कि लगता ही नहीं आप लिख नहीं सकते। खैर, इसके आधार पर अच्छी कहानी बन सकती है। मैं कोशिश करूँगा। बस कुछ सवाल मेरे मन को परेशान कर रहे हैं। गुरुजी के मन्त्रादेश से क्या गजेन्द्र मुक्त हो पाया ? सपना के प्रति उसकी समूची प्रतिक्रियाएँ अगर प्यार नहीं, तो क्या थीं ? क्या सपना के पुनः अपने पेशे में लौटने पर भी गजेन्द्र के मन ने कोई उत्तर नहीं दिया ?"

बुजुर्ग ने उसी सधे हुए स्वर में कहा, "बाबूजी, आपने ही तो कहा था कि कहानी सच और कल्पना का मिश्रण होती है। जितना सच था, वह मैंने बता दिया है। अब आप जैसी और जितनी कल्पना चाहें उसमें मिला लें।"

मैं चलने लगा तो वे माने नहीं, मेरा सूटकेस उठाकर स्टेशन तक मेरे साथ आए। कहने लगे, "बरसों बाद मेरी दुकान पर कोई लेखक आया है बाबूजी। इतने सुख का हकदार तो हूँ कि ट्रेन आने तक आपके साथ रह लूँ," कहकर वे रुके, जैसे कुछ सोच रहे हों। तभी ट्रेन आ गई और मैं नमस्कार करके अन्दर जाने लगा, तो बोले, "कहते हैं कि सच को जानो तो उसे छिपाओ नहीं, कम-से-कम किसी एक को बताओ। आपने सुन लिया, मुझे छुट्टी मिली बाबूजी।"

सड़क नम्बर तीस

यूँ देखा जाए तो वह कोई यादगार दिन नहीं था। उस दिन भी मेरे हिस्से में सिर्फ दो ही ग्राहक आए थे। मोहल्ले में अन्य अड्डों के मुकाबले हमारी बिल्डिंग में रेट कुछ ज्यादा है, इसलिए संख्या में कम मगर तगड़े आदमी ही इधर का रुख करते हैं। मैडम का सिद्धान्त है, "बिकना ही है तो, सस्ते में क्यों ?" इस अधेड़-सी औरत को अपने लिए अम्मा, बाई या चाची का सम्बोधन पसन्द नहीं है। इसलिए उनको सब 'मैडम' कहते हैं। धन्धे के लिहाज से ही सही, उसने बिल्डिंग की सब लड़कियों को तमाम जरूरी सुविधाएँ दे रखी हैं। हफ्ते में एक बार डॉ. हवलदार सबका चेकअप भी कर जाते हैं। विदेशी शराब और खाना भी मैडम मँगवा देती हैं। जिसके पास लगातार दो माह तक पाँच से कम ग्राहक आते हैं, मैडम उसे कमरा खाली करने का नोटिस दे देती है। इस मोहल्ले में कई ऐसी मिल जाएँगी जो पहले सड़क नं. तीस की इस बिल्डिंग में रहती थीं, अब खोलियों में धन्धा करती हैं। आम जबान में हम कहते हैं, "रिटायर्ड हैं।"

हाँ तो मैं कह रही थी कि वह काफी देर से आया था। जिन चार लड़कियों को वह नापसन्द कर चुका था उनमें हमारे बीच की सबसे सुन्दर लड़की सुलभा

भी थी। पता नहीं उसने मुझमें क्या देखा। वह जब मुझे लिए हुए मेरे कमरे की ओर आ रहा था तो सुलभा ने फब्तियाँ कसी थीं, "बन्दर क्या जाने..." इस सबका उस पर कोई असर नहीं पड़ा। वह बड़ी सधी चाल से मेरे साथ चल रहा था। एक-आध बार उसने कुछ कहने की कोशिश की, फिर जाने क्या सोचकर चुप हो गया। मैं उसके असमंजस को भाँपकर बिना हँसे नहीं रह पाई। बड़े सकुचाते हुए उसने मेरा नाम पूछा था। मैडम ने हम सबको मीठे-तीखे तरह-तरह के नाम दे रखे हैं। इन भारी-भरकम नामों के आगे, हमारा असली नाम घर के किसी कोने में पड़ा जाने रो रहा है या हँस रहा है। उसने इतनी आत्मीयता से नाम पूछा था कि अनायास मेरे मुँह से घरवाला नाम निकल गया। ऐसा क्यों हुआ, यह आज तक मेरी समझ में नहीं आया, जबकि मैडम की हिदायत है, "कोई भूलकर भी अपना घरवाला नाम न बताए।" वैसे यहाँ आकर ग्राहकों को नाम जानने और नाम पुकारने की फुरसत ही कहाँ रहती है !

उसने जब मुझे 'घरवाले' नाम से पुकारा, तो एकाएक मुझे लगा वह मुझे नहीं, किसी और को पुकार रहा है। उसकी मीठी पुकार पर सवार होकर पल-भर के लिए मैं अपने घर पहुँच गई थी। यहीं कहीं बाबूजी होंगे और बिना शक्कर की चाय के लिए कहेंगे और अम्मा फिल्मी पत्रिका पढ़ने को लेकर फिर डाँटने लगेंगी। पर यह सब क्षणिक था—मैं बहुत जल्दी आज की दुनिया में लौट आई थी। यह कौन है मेरा, जो मैं इत्ता सोचने लगी—ग्राहक ही तो है, निपटेगा और चला जाएगा।

अब तक वह दो-तीन सिगरेट एक-के-बाद-एक पी चुका था। लगता था जैसे ढेर-सी चिन्ताएँ एक साथ उसे घेरे हुए थीं। अक्सर पहली बार आया ग्राहक घबराहट में भी ऐसा करता है। उसने मुझसे दुबारा पानी माँगा और पूछा—"तुम्हें जल्दी तो नहीं है ?"

"नहीं, कोई जल्दी नहीं, घंटे के हिसाब से पैसे भरने पड़ेंगे, यह तुम सोच लो।"

वह मेरे चेहरे को एकटक घूरने लगा। तलाशती निगाहें। मन-ही-मन डर भी लगा, कहीं यह गाँव-घर के आस-पास का आदमी तो नहीं ? मैंने इसे घरवाला नाम बताकर गलती तो नहीं की ? बात शुरू करने की गरज से मैंने कहा, "मुझे यहाँ के लोग 'शीतल' कहकर पुकारते हैं।"

उसने कोई ध्यान नहीं दिया। मेरे मन में डर-सा समा गया। विचित्र ग्राहक है, न बात कर रहा है और न अपना काम ही। फिर साहबजादे यहाँ आए ही क्यों ?

उसकी चुप्पी सामयिक थी, थोड़ी ही देर बाद वह खुलने लगा। देर तक बोलता रहा, पर असली मकसद तक फिर भी नहीं पहुँचा, जिसके लिए उसने पैसे दिए थे।

वह दिखने में भी कोई खास नहीं था। नीले रंग की पैंट और घिसे कत्थई रंग की शर्ट में औसत कद का तीस-पैंतीस के बीच का युवक। उसकी आँखें अन्दर धँसी होने के बावजूद, खास चमक लिये हुए थीं। मैंने सोचा, कोई कल-कारखाने का मिस्त्री होगा, पगार मिली तो मौज-मस्ती के लिए आ धमका, क्योंकि इतनी रात गए भद्र लोगों का आना यहाँ नहीं होता।

मैंने उसका ब्रीफकेस ड्रेसिंग टेबल पर रखकर पूछा था, "क्या पिएँगे ? चाय, कॉफी या... ?"

उसके सूखे चेहरे में कोमल-सी थिरकन जगी और आहिस्ते-से उसने फिर पानी की माँग की।

वह कहीं और खोया हुआ था। कभी दीवार पर टँगी मरियम की तस्वीर को देखता तो कभी कश्मीरवाली ऑयल पेंटिंग को। उसके चेहरे पर कई रंग एकबारगी आते और चले जाते रहे। अपने किस्म का झक्की होगा–मैंने सोचा।

मैं पलंग पर पालथी मारे बैठी रही। उसने अचानक मेरी गोद में सिर रख दिया और हाथों की चूड़ियों से खेलने लगा। उसकी बकबक भी समान वेग से जारी थी–जैसे लम्बे समय के बाद उसे कोई श्रोता मिला हो।

"देखो माला, मुझसे डरना नहीं। मैं तुम्हारे पास इसलिए आया हूँ कि मेरे भीतर की आँधी कहीं मुझे मेरे लक्ष्य से डिगा न दे।"

"कैसी आँधी ? शारीरिक ही न ?"

"नहीं माला...तुम गलत समझ रही हो। मैं तुम्हें सब बताता हूँ। पिछले कुछ सालों से मेरी पार्टी समाज के पूरे ढाँचे में बदलाव की लड़ाई लड़ रही है। मेरे-जैसे कई युवक घर-बार का मोह छोड़कर इस लड़ाई में कूद पड़े हैं। हम गाँव के किसानों और शहर के श्रमिकों के बीच अपना काम करते हैं। पर सरकार को यह पसन्द नहीं। मैं अपने माँ-बाप का बड़ा बेटा हूँ...आज रहा नहीं गया तो इधर पाँव उठ गए।"

मुझे उसकी बातें समझ में नहीं आ रही थीं। मैंने स्वयं से कहा–'भले आदमी, घर नहीं जा सके तो, मेरे पास आने का क्या अर्थ ?' मैंने पूछा था, "अजीब आदमी हो, मैं तुम्हारी माँ-बहन तो नहीं...यहाँ आकर जो सब करते हैं वही तुम भी करोगे...फिर यह बेसिर-पैर की बातें क्यों ?"

इस सवाल से वह जैसे आहत हो गया था, "माला...प्लीज, मुझे समझने की

कोशिश करो...माना कि इस कोठे में सिर्फ जिस्म बिकता है...पर क्या औरत सिर्फ एक जिस्म होती है ? कभी-कभी माँ याद आती है, तो उसकी शक्ल घुलते-घुलते पूरा आँगन बन जाता है या फिर अपने पूरे अर्थ में औरत का जिस्म..."

सच कहूँ ! मेरे पल्ले कुछ नहीं पड़ा था। लगा, कहीं यह पागल-वागल तो नहीं ! पूरी फीस देकर कोठे पर आया और लगा कविता करने। मैंने उसकी शर्ट को बदन से अलग किया और आहिस्ते-से उसकी पीठ पर उँगलियाँ फेरने लगी। इस धन्धे में इतने साल बिताने के बाद इतना तो अनुभव है कि न बोलते हुए सिर्फ हाव-भाव और हरकतों से बहके हुए को मूल उद्देश्य तक कैसे लाया जाता है। मेरी इस हरकत से जैसे वह और गहरे डूबने लगा। उसने कहा, "माला, काश ! तुम्हारे पास मैं पहले आया होता। मेरे भीतर के पुरुष को पहले ही तजुर्बा हो जाता कि ममता और स्नेह का कोई सम्बोधन नहीं होता और न उसकी सीमा होती है। घर में हो या यहाँ, माँ हो या माला...।"

मैं बोर चुकी थी। एक तो यह देर रात को आया, फिर बतियाता ही जा रहा है। इसे कोई फर्क भी नहीं पड़ रहा है कि मैं उसकी बातें समझ रही हूँ या नहीं। मूर्ख है...माँ-बहन की तुलना मुझसे कर रहा है...

ऊब और झुँझलाहट के मारे मैंने उसकी जेबें टटोलीं कि सिगरेट ही पी जाए, पर खाली पैकेट देखकर दुगुने वेग से चिढ़ होने लगी। तब उसने अपने ब्रीफकेश से सिगरेट निकाली। ब्रीफकेश खोलते ही मुझे उसमें रखा रिवाल्वर दिख गया था। मेरी तो रूह काँप गई। बहकी-बहकी बातें करनेवाला यह पागल है या ठग ? यदि इसने मुझ पर गोली दाग दी तो...सोचकर ही मुझे झुरझुरी-सी होने लगी।

"अरे, तुम ऐसे क्या देख रही हो ?"

मैंने डरते हुए कहा, "तुम्हारे पास रिवाल्वर है।"

वह बच्चों की तरह खुश था, पुलका, "अरे यह तो अपनी रक्षा के लिए है। हम लोगों को रात-दिन पुलिस ढूँढती रहती है–निहत्थे रहें तो भागना मुश्किल हो जाता है। मगर तुम डर क्यों रही हो ? मैं तो तुमसे हौसला लेने आया हूँ ताकि तुम्हारे पास से लौटकर मुझे घर की याद न सताए और घर जाने के चक्कर में मैं पुलिस के हाथ न पड़ूँ। जब भी घर याद आएगा, मैं तुम्हारे पास आ जाऊँगा।"

उसके इस तर्क से मेरा डर कम नहीं हुआ। मैं चाहने लगी कि जल्द-से-जल्द वह मेरा कमरा खाली कर दे। मैं जान-बूझकर रस्मी तौर पर उससे लिपट गई।

वह तब भी हँसने लगा, "माला, लोग इसी तरह सच और रोशनी से डरकर अँधेरे में छिपने की कोशिश करते हैं, पर अँधेरे का भी तो सच होता है।"

मैंने कोई जवाब नहीं दिया। मुझे तो उसकी बातें बेकार-सी लग रही थीं।

फिल्मों में होती है ऐसी डॉयलॉगबाजी। बड़ा आया किसानों और मजदूरों के बीच काम करनेवाला। अरे, जितने पैसे तू इस कोठे में फेंककर जा रहा है, उनसे क्या किसी अधपेटे मजदूर को हफ्ते-भर की खुराक नहीं मिलती ?

कैसा संयोग कि मैं जो सोच रही थी, वह उसकी जबान पर आ गया–"मैं यहाँ आने की सोचता नहीं माला, पर क्या करूँ, घर की याद में उतावला हो गया था। घर जाता तो पकड़ा जाता। कहीं भी किसी भी स्त्री को यह कहता, तो वह गलत समझती। यहाँ आने के लिए मजदूरों का पैसा खर्च करना भी पाप था। जानती हो, तुम तक पहुँचने के लिए बचपन में मुझे पहनाई गई चेन मैंने बेच दी है..."

वह बोले जा रहा था। मुझे लगा, अजीब पागल से पाला पड़ा। ऐसी बातों में वह सारी रात बिता सकता है। पर मैडम की नाराजगी का क्या करूँ ? किसी भी ग्राहक से हद से ज्यादा अन्तरंगता की यहाँ मनाही है। जो लड़की ग्राहक को जल्दी निपटाए, मैडम उसे पसन्द करती है। पर इसे मैं कैसे कहूँ...इसका चेहरा देखती हूँ तो इस पर तरस आता है। यदि यह इसी तरह इस बिल्डिंग की भाषा से अलग जबान बोलता रहा और मेरे भीतर भी कहीं कोई कमजोरी आ गई तो ? मैडम एक मिनट नहीं लगाएगी और निकलने का नोटिस दे देगी। मेरा रेट घट जाएगा सो अलग...फिर... ?

मैंने झटके से अपनी गोद पर से उसका सर उठाया और स्विच ऑफ कर दिया। घुप्प अँधेरे में न मैं उसका चेहरा देख पाऊँगी, न वह मेरा। मैं उसकी पीठ से लिपट गई और बाँहों का कसाव बढ़ाने लगी। मेरे पास उसे ग्राहक में तब्दील करने का यही तरीका बाकी रह गया था। मैंने उसके जिस्म पर कई जगह अपने होंठ रगड़े और तेज साँसें लेने लगी। उसने मुझे बड़ी देर बाद सामने किया और बाँहों में जोरों से भींच लिया। मेरी तरकीब काम आई। अँधेरे में वह अब पूरा ग्राहक बन चुका था। कितना अच्छा है यह अँधेरा...अब उसकी चमकती आँखों का खौफ नहीं था मुझे...वह अब शत-प्रतिशत ग्राहक था और मैं सड़क नं. तीस की हसीन माला।

सच कहूँ तो मैं उसी दिन उससे शब्द-शब्द जुड़ गई थी। बत्ती जलाई तो मैं हतप्रभ रह गई। बिस्तर पर औंधे मुँह लेटा वह आदमजाद बच्चों की तरह सिसक रहा था। मेरे लिए ऐसा अनुभव पहला और अनोखा था। इस तरह बिसूरने का कारण मुझ-जैसी औरत की समझ में नहीं आया। वह आहिस्ते से उठा। उसने फिर पानी पिया और तैयार होकर कमरे से ऐसे निकला, जैसे कोई जुए में हारकर लौट रहा हो...

फिर कितने ही दिन बीत गए। ग्राहक आते और चले जाते। कुछेक चेहरों को कई-कई बार आते देखा, पर अनजाने में मुझे ऐसा लगता जैसे मैं उसकी प्रतीक्षा कर रही हूँ।

शहर में हिंसा की वारदातें बढ़ गई थीं। कहीं पुलिस चौकी पर बम फटता, तो कहीं भरे बाजार में किसी को गोलियों से भून दिया जाता। मैडम कहती थी– "सब वारदातों में उसी पार्टी का हाथ है।" मैं स्वयं से पूछती रह जाती कि उस रात बिस्तर पर औंधा लेटकर फफक-फफक रोनेवाला युवक भी तो उसी पार्टी का था, क्या वह किसी की हत्या कर सकता है ?

जब से वह गया, इस देह की भाषा भी जैसे बदलने लगी। मुझे ग्राहकों में अच्छा व्यवहार, थोड़ी नफासत, थोड़ी नरमी तलाशने की इच्छा होती, जिसके चलते उलटा असर होने लगा–कुछेक पुराने ग्राहकों को शिकायत रहने लगी कि मैं अब कोल्ड होती जा रही हूँ...। यह बदलाव मेरे धन्धे के लिए ठीक नहीं है, मगर...

कितनी बार कितने ही तरीकों से मैं उसे और स्वयं को तौलने की कोशिश करती। पर भीतर कहीं कुछ उलझकर रह गया था जो मेरी भावुकता को भेदकर आगे बढ़ जाता।

"स्साला...चुगद..." अनजाने में अपने ही मुँह से निकली गाली से मैं चौंक जाती हूँ।

ग्राहकों के आने का समय हो गया है। बिल्डिंग में सब सज-सँवर रहे हैं। बहुत दिनों बाद आज मैं अपनी सबसे पसन्दीदा शोख चटख साड़ी पहनूँगी। हाँ, मैंने सोच लिया है, आज खूब सजूँगी। किसी को कोई शिकायत नहीं होगी। उस काली रात की याद को मैं मन-ही-मन दफना देना चाहती हूँ, क्योंकि उस रात माला का दैहिक शोषण नहीं, मानसिक शोषण किया था उसने। उससे तो बेहतर ये रोजवाले हैं, जिन्हें वही चाहिए जो हम देते हैं...और वह...वह मेरे भीतर के 'मैं' को जगाकर आम ग्राहकों की तरह ही तो चला गया था। वह इस जिस्म को घर-आँगन, माँ...बहन जाने क्या-क्या कहता रहा–टुच्चा कहीं का। बड़ी बातों के छोटे कदवाला बनावटी...। मैं जैसी भी हूँ, रोज रात सिर्फ जिस्म बनकर जीनेवाली माला हूँ और रहूँगी भी...उसे पता होना चाहिए था कि इस जिस्म में एक अदद पेट है और भूख भी है...

मुँह का कसैला स्वाद बढ़ गया था सो मैंने एक मीठा पान मँगाकर खाया। पान की पहली पीक पिछवाड़े की खिड़की से फेंकते हुए मुझे पहले तो लगा मैंने उस रात के जहर को भी थूक दिया है..., पर दूसरे ही पल खुद एक सवाल से घिर गई–क्या सचमुच उस जहर को उतार सकी मैं ?

अनागत

"तू तो ऐसे चौंक गई चम्पा जैसे कोई ग्राहक ही आ गया हो।" अन्दर आते ही बानो ने कहा।

चम्पा कुछ नहीं बोली। प्याज काटते हुए उसकी आँखों में जलन होने लगी थी।

"चम्पा, आज पिक्चर जाएगी क्या ?" बानो ने पूछा।

"कौन-सी ?"

"शराफ़त !! सुना है, हम लोगों की ही कहानी पर बनी है। चल देख आएँ।"

"और ग्राहक ?"

''अरे फर्स्ट शो खत्म होने के पहले ग्राहक आते कहाँ हैं ? फिर तुझे तो ग्राहकों की चिन्ता नहीं होनी चाहिए चम्पा रानी, तुझे क्या फिकर ! तुझ पर तो सेठ मोतीलाल से लेकर दरोगा बाबू तक जान देते हैं।''

चम्पा ने अँगड़ाई लेते हुए अपनी चोली की ओर इशारा कर कहा, "क्यों, निकल गई न जान ?" और खिलखिलाकर हँस पड़ी।

"आह ! क्या चीज है री तू। तेरे ही तो दिन हैं। हमें कौन पूछेगा ?" बानो के स्वर में अनायास व्यंग्य उभर आया। वह कहने को तो कह गई, किन्तु भीतर-ही-भीतर सहम भी गई थी। उसे मालूम था कि चम्पा काफी तेज है, जबान से भी। इसलिए अपनी छेड़ी हुई चर्चा पर विराम लगाने के सिवा उसे कुछ नहीं सूझा।

"अच्छा बाबा, मान गई। अब बोल चलेगी न ?"

"हाँ चलूँगी, देखें फिल्म में कोई नया गुर सीखने को मिलता है क्या ? वैसे उम्मीद कम है। एक्ट्रेस वही पुरानी एक्टिंग तो करेगी, फिर भी चलूँगी..."

फिल्म देखते हुए आरम्भिक हिस्से में चम्पा चुप रह ही नहीं पा रही थी।

"देख तो कैसे भोली बनती है, जैसे कुछ मालूम ही नहीं...ससुरी को।"

बानो उसे बार-बार चुप रहने का आग्रह करती रही। कुछ लोग तिरछी नजरों से उन्हें देख रहे होंगे, इसलिए बानो को अप्रिय लग रहा था। पर चम्पा और चुप्पी, दोनों में बैर जो है !

चम्पा बीच-बीच में यूँ ही मुँह बनाती रही। बानो को चम्पा का हीरोइन पर आक्रोश करना समझ में नहीं आ रहा था। किन्तु पिक्चर में कुछ गति आते ही चम्पा मौन होती चली गई। बानो को राहत मिली। बड़बड़ाती रहती तो खामखा दूसरे दर्शक नाराज होते रहते। पहचान लिए जाने से और दिक्कत होती।

बानो को फिल्म अच्छी लग रही थी। एक तवायफ से एक शरीफ लड़के का प्यार...बाधाएँ भी खूब...नायक नायिका से अलगाव की बात सोच ही नहीं पाता। इंटरवल के वक्त भी दोनों चुप बैठी रहीं। बानो की नजर चम्पा पर पड़ी तो उसने देखा, वह तन्मयता से परदे पर आँखें गड़ाए हुए थी।

लोग नायक को बदनाम कर रहे थे। उन्होंने नायक को पीटा...। दूसरे दृश्य में हास्पिटल के बेड पर नायक और सिसकती हुई नायिका। आँसू...खून...समाज का निर्णय...विछोह...दुःख...यातना...फिर...अन्त में मिलन...।

फिल्म के समाप्त होते ही दोनों बाहर चली आईं। चम्पा एकदम चुप हो गई थी। बानो को कुछ बोलते डर लग रहा था।

गली में तो उनका ही साम्राज्य रहता है, पर बानो को बाहर अपने पेशे और स्थिति का पूर्ण ज्ञान रहता है...। वह भी चुप्पी साधे चलने लगी।

गली में कदम रखते ही किसी ने आवाज दी, "चम्पा, इधर..." चम्पा आगे बढ़ गई। बानो को मालूम है, ऐसे मौकों पर चम्पा एक तेज उत्तर जड़ देती है। किन्तु आज इस नियम-भंग से बानो को आश्चर्य हुआ। बाहर ग्राहक के इन्तजार में खड़ी साथिनों ने पूछा, "बानो, कहाँ गई थी ?"

"पिक्चर..."

"अरी ओ चम्पा, सुन..." किन्तु चम्पा रुकी नहीं, आगे ही बढ़ती गई। हीराबाई से रहा नहीं गया, बोली, "अरे, चम्पा हमसे काहे बोलेगी ! उसे रूप का घमंड जो है।"

इतना सुनने के बाद भी जब चम्पा ने कुछ नहीं कहा तो बानो को जैसे विश्वास ही नहीं हुआ। आज उसने कोई जवाब नहीं दिया। दूसरा कोई अवसर होता, तो मारे गालियों के वह बोलनेवाले की छुट्टी कर देती। आखिर चम्पा को हुआ क्या है ? क्या पिक्चर का प्रभाव है ? अपने ही प्रश्न पर बानो को हँसी आ गई..."पल भर का असर है...उतर जाएगा...कभी-कभी ऐसा भी होता है।"

खाट पर पड़े-पड़े चम्पा सोचती रही। वह अतीत को कुरेदकर आँसू बहाने में विश्वास नहीं रखती। फिर भी जाने उसे कुछ अजीब-सा लग रहा था। फिल्म की नायिका भी तो तवायफ थी। एक शरीफ युवक उसे कितना चाहता था...कितना...। चम्पा के भीतर एक और चम्पा रहती है। उस चम्पा ने आज बाहरवाली तेज चम्पा को जाने क्या कह दिया है कि वह सोच के फेरे में पड़ गई है। चम्पा को इस तरह सोचना आज अच्छा लग रहा है।

"चम्पा, जाने-बहार..."

सेठ मोतीलाल ने आवाज लगाई। चम्पा ने कोई उत्तर नहीं दिया। मोतीलाल ने इसे स्वीकृति समझा और भीतर चला आया।

"क्या बात है मेरी रानी...? क्या तबियत खराब है ?" मोतीलाल चम्पा से सटकर बैठ गया। ज्योंही उसने चम्पा को स्पर्श किया, वह उठकर बैठ गई।

"चल हट यहाँ से। मुआ, क्या यही जगह मिली है तुझे ? चल भाग यहाँ से।"

"नाराज हो गई मेरी चम्पा रानी ?"

चम्पा जैसे पुनः बाहरवाली चम्पा में लौट आई, "यहाँ से जाता है या नहीं, हरामी के पिल्ले... ?" मोतीलाल अब भी चम्पा के व्यवहार को मजाक समझ रहा था।

"मुझसे अचानक इस कदर खफा क्यों हो रही हो रानी ?" उसने पुनः पहल की।

"खफा हो तेरी अम्मा...जा निकल यहाँ से !" कहकर चम्पा ने झाड़ू उठा ली। मोतीलाल को कतई ऐसी आशा नहीं थी। वह हतप्रभ-सा कमरे से बाहर हो गया।

चम्पा फिर अनमनी हो गई। उसे लग रहा था जैसे आज कोई अपरिचित

मगर इच्छित व्यक्ति आएगा और...और...सोचते ही चम्पा स्वाभाविक रूप से शरमा गई...अजीब तरह से अपने को उसने पुलकित महसूस किया। इसी तरह अपने खयालों की दुनिया में खोई चम्पा घंटों अनमनी-सी रही और नियमित ग्राहकों को लौटाती रही।

रात्रि का अर्थात् अन्तिम शो छूटने का समय हो आया...यहाँ तक कि सबसे उम्रदराज हीराबाई को भी अन्ततः एक ग्राहक मिल गया था। गली सूनी हो गई थी...चम्पा जाने कब तक अँधेरे को घूरती यूँ ही खड़ी रह जाती यदि उसके देर रात के और तकरीबन रोज के ग्राहक दरोगा ने आकर उसका ध्यान भंग नहीं किया होता–"अरे चम्पा रानी, यहाँ क्यों खड़ी हो ?..." कहते हुए उसने चम्पा के चेहरे को ऊपर उठाया और आश्चर्यचकित होकर बोला–"चम्पा रानी की आँखों में आँसू ? असम्भव कैसे सम्भव हुआ भाई ?"

चम्पा जैसे कल्पनालोक की यात्रा से अचानक वापस आ गई–"रोए तेरी अम्मा, दरोगा के बच्चे...चल अन्दर...मती मारी गई है तेरी...आँसू नहीं, पानी के छींटे हैं...धोखा खा गया न आखिर..." और रोज की तरह चम्पा दर्प से इठलाती हुई कमरे के भीतर चल पड़ी...पीछे-पीछे निहाल होते दरोगा ने सीधे बिस्तर की ओर रुख किया।

दायरा

स्वाति, तुम्हारे ढेर सारे पत्र पढ़ लेने के बाद कुछ अव्यवस्थित-सा हो गया हूँ। सामने तुम्हारे पत्र बिखरे पड़े हैं और मैं एहसास के कई कोणों से घिरा हुआ हूँ।

तुम्हारे पत्रों ने आज मुझे वहाँ ला खड़ा किया है, जहाँ से मैं मानवीय संवेदना का समुद्र देख रहा हूँ। लहरों का एक-एक प्रहार तट को कोई भाषा दे रहा है और रेत को कोई लिपि। तुम्हारे सभी पत्रों के उत्तर दूँगा, पर यहाँ भी कई लोग मेरे आसपास वैसे ही घिर आए हैं, जैसे अपनों के बीच ही रह रहा हूँ।

तीन महीने से हॉस्पिटल की जिन्दगी जीते हुए कितनी सारी नई अनुभूतियों को मैं महसूस रहा हूँ। कभी-कभी लगता है, मैं यहाँ नहीं आता तो इतने करीब से जिन्दगी को देखने से वंचित हो जाता। मेरे इर्द-गिर्द अतीत की यादें लम्बे चित्रों की शृंखला-सी बन गई हैं। बीच-बीच में कुछ स्पेस है, जहाँ तुम हो या तुम्हारे होने का एहसास, यानी मेरे अतीत में कहीं कोई गैप नहीं। आज जो थोड़ा-सा गैप भविष्य के पथ पर महसूस होता है, उसे भरने की कोशिश ही जीवन्त संघर्ष की प्रक्रिया होगी। तुम साइंस की स्टूडेण्ट रही हो, शायद डार्विन ने भी यही कहा था न !

स्वाति, तुम्हारे पत्र की पंक्तियाँ–"देव, ये क्या हो गया ! एक ही बिन्दु पर केन्द्रित होने के स्वप्न और बाहर की विसंगतियों के चलते देखो हम कैसे बिखर गए। पहले के पत्रों के उत्तर नहीं पाकर मैंने अस्पताल के इंचार्ज को पत्र लिखा था। उन्होंने जब तुम्हारी सारी रिपोर्ट दी, तब कुछ आश्वस्ति हुई। मेरा विश्वास है, अब तक तुम काफी स्वस्थ हो गए होगे। लौटकर यहीं आना, नहीं आओगे तो मेरी कसम ! बताना यह सब हुआ कैसे !"

हाँ स्वाति, कहीं तुम्हारे भावुक पत्रों से मेरी स्थिति बिगड़े नहीं, इसलिए डॉ. माथुर ने सारे पत्रों को इकट्ठा कर रखा था। दो महीने बाद उन्होंने आज लाकर दिए। पूछा था, "जान सकता हूँ यह पत्र-लेखिका तुम्हारी कौन है ?"

मैंने कहा, "ये पत्र स्वाति के हैं, यूँ तो कुछ नहीं लगती, पर लगने से परे वह बहुत कुछ है। जीवन की परछाईं..." एक ही साँस में इतने लम्बे जुमले के आगे माथुर ठिठके, फिर हँसकर कहने लगे, "लकी मैन..."

डॉ. माथुर के चले जाने के बाद मैं कई क्षण सोचता रहा था, "लकी...हाँ, हाँ, लकी हूँ मैं।"

स्वाति, जिस बिन्दु पर एकीकरण के स्वप्न बिखर गए, यदि कहूँ, बिल्कुल सही हुआ तो गलत नहीं होगा। सोचो, आज उस बिन्दु के बाहर रहकर हमने कितना कुछ पाया। टूटने की प्रक्रिया एक ही झटके में बहुत कुछ तोड़ देती है। पर उसके बाद आदमी बहुत कुछ से जुड़ता है और स्व से परे हम समूह से जुड़ जाते हैं।

तुम सोचती होगी, मैं किसी निराश मन की फिलासफी बघार रहा हूँ। पर नहीं, आज क्या कारण है कि इस हॉस्पिटल का प्रत्येक रोगी मुझे मेरे ही निकट की इकाई लगता है। अपने से परे दूसरों के दुःख को ग्रहण करने की क्षमता दुःख ही देती है। तुम्हारे पास रहकर जो सम्बद्धता गहराई नहीं पा सकी, आज दूर रहकर पा रही है। दुःख की सही प्राप्ति, सुख ही तो है।

तुमने पूछा है, "बताना यह सब कैसे हुआ ?" सीढ़ियों पर कॉलेज जाने की जल्दी में मैं फिसल गया, सर में चोट आई। एक महीने स्पेशल वार्ड में अस्त-व्यस्त मानसिक स्थिति में रहने के बाद, अब जनरल वार्ड में हूँ। इस महीने के अन्त तक शायद रिलीज हो जाऊँ।

जनरल वार्ड में आकर मैंने हॉस्पिटल की जिन्दगी को भीतर से देखने का मौका पाया। सच, यहाँ की जिन्दगी और जिन्दगी के विभिन्न रंग...हमेशा इनको हृदय में सँजोए रखने को मन करता है। तुम्हें लिखने का लोभ संवरण नहीं कर पा रहा हूँ। हाँ, तुम्हारे पत्र का उत्तर भी इन्हीं चर्चाओं के बीच कहीं है, तलाश

लोगी न ?

मेरे वार्ड के पाँचवें बेड पर एक नौजवान अभी छह दिन तक स्पेशल वार्ड में मृत्यु से संघर्ष कर जनरल वार्ड में लौट आया है। मुझसे जाने क्यों वह काफी हिल गया है। उसने नींद की दस गोलियाँ निगल ली थीं, प्रेमिका के विश्वासघात से आहत होकर—कहते हुए वह भीग गया था।

स्वाति, इमोशनल होकर जीवन की सच्चाइयों से भागना हमारी पीढ़ी की रीढ़ में घुन लगा रहा है। प्रेम किसी पुस्तक को रैक से उठाने, पढ़ने, फिर रख देने तक सीमित हो गया है। बहुत समझाने के बाद उसने सकारात्मक सोच के रास्ते में कदम रखा भर है।

बेड नं. सत्ताईस में एक बूढ़े मेजर हैं—गुप्त। गुर्दे के मरीज। उनका मानसिक सन्तुलन भी ठीक नहीं। दंगे में उनका घर जल गया, दोनों बच्चे लापता हो गए हैं।

एक दिन मेजर पूछने लगे, "देव साहब, बता सकते हैं आदमी आदमी से जानवरों की तरह लड़ता क्यों है ? आखिर ऐसा क्यों होता है ?"

सचमुच स्वाति, मेजर गुप्त के नग्न प्रश्न ने बता दिया कि हम जाने-अनजाने लौट रहे हैं तो सिर्फ पीछे की ओर ही। हमारे इर्द-गिर्द केवल लौटती पदचाप है।

कभी-कभी नींद खुल जाने पर अपने बेड के सिरहाने की खिड़की से रात के अँधेरे के वक्ष पर एक प्रकाश-वृत्त देखता हूँ, जहाँ तुम रहती हो या तुम्हारे निमित्त घटनाएँ। निराशा बहुत दूर भाग जाती है। भीतर से मैं बहुत साहस जुटा पाता हूँ। प्यार को छूने की अपेक्षा महसूसना ही शाश्वत है, स्वाति। देखो, यहाँ जो बड़ी सिस्टर हैं, वे भी मनुष्य की मानसिकता को महसूसती हैं, और हर पल उसी मानसिकता में विभोर रहती हैं। रोगियों के साथ घुल-मिलकर उनके भीतर को टटोलना, उनके दर्द को छूना, उस पर अलग-अलग तरीके से मरहम लगाना। सिस्टर के लिए भी ये क्षण उनके इतिहास के पृष्ठ हैं, कभी गहरे एकान्त में ये जरूर खुलते होंगे—तब ? इतना तुम सोच लेना स्वाति। उस दिन बड़ी सिस्टर मेरे पास अधिक देर रुक गई थीं। बहुत-सी बातों के बीच पूछ बैठीं, "मिस्टर, तुम राइटर है। एक बात कहूँ ! हम यहाँ से घर लौटकर रोगी के विषय में सोचता है। नहीं चाहता तब भी सोचता है। जैसे सोचना भी हमारा डियूटी है, पर क्या मरीज भी ऐसा ही सोचता है ?"

ठीक तुम्हारी तरह धीर और शान्त सिस्टर गीताली सेन मुझसे कह रही थीं, "देव दा, मैंने प्राइवेट में एम.ए. किया। सोचती हूँ यह सर्विस छोड़ दूँगी और अन्यत्र जाऊँगी, अच्छे कैरियर की सोचना गलत तो नहीं, पर जाने इस हॉस्पिटल

से भी मोह-सा हो गया है। खैर, छोड़ तो दूँगी ही, नर्स बदनाम भी तो अधिक होती है न !"

उन क्षणों में गीताली अपने भीतर ही कहीं डूब गई थीं, उनका डूबना सहज था। हजारों गीतालियों की आवाज आज प्रतिध्वनित हो रही है। कभी-कभी लगता है, गीताली के स्वर में तुम्हारा स्वर भी कहीं शामिल है।

स्वाति, इतने लोगों के विषय में इसलिए तुम्हें लिखा कि तुम्हारे मन के सभी अवगुंठन खुलें। हमने एक-दूसरे के अन्दर अपने-आपको पाया और परखा, फिर तुम्हारे अन्दर यह भय क्यों है स्वाति ? तुम्हारे भीतर का देव अब निराश्रित नहीं, तुम्हारी प्रेरणा से प्रेरित और शक्तिशाली है। तुमने लिखा है, "डर लगता है देव, मेरी शादी जो मैंने कभी नहीं चाही, पर तुम्हारी जिद जो थी। डरती हूँ कहीं तुम्हारे भीतर के लेखक को कुछ हुआ तो अपने को माफ नहीं कर पाऊँगी। प्रकाश को मैंने तुम्हारे विषय में सब बता दिया है। वे खुले मन के हैं, हँसकर रह गए। पर मैं अपराधबोध से स्वयं को मुक्त नहीं कर पा रही हूँ देव, कभी लगता है कहीं मैंने तुम्हें, तुम्हारी प्रतिभा को क्षति तो नहीं पहुँचाई ?"

स्वाति, फिर वही बात। तोड़ना, फिर किसी की प्रातिभ अभिव्यक्ति को तोड़ना, मानवीय शक्ति से बाहर है। व्यक्तिगत मेरा कुछ भी नहीं टूटा। कितनी अच्छी लगी थी प्रकाश के बगल में खड़ी तुम्हारी तस्वीर ! इस पूर्णता को पाकर तुम पूर्ण हुई हो। मैं भी इसी पूर्णता पर स्वयं को पूर्ण महसूस करता हूँ। इसलिए आज तुमसे दूर, तुमसे परे, मैं तुम सबको अपने पास पाता हूँ। अपने भीतर तुम्हें महसूसता हूँ। हम दायरे के अन्दर रहकर बाहर के फैलाव से अनभिज्ञ रहते हैं, पर अब दुनिया कितनी विस्तृत लगती है। मैं कभी अकेला नहीं, इतने सारे लोग हैं मेरे साथ। अब रिलीज होने में केवल चार दिन बाकी हैं। गीताली उदास होकर कहने लगीं, "देव दा, यहाँ की जिन्दगी देख ली आपने, मैं जानती हूँ। आप जरूर लिखेंगे। मुझे एक प्रति अवश्य भेजिएगा, फिर जाने आप कब मिलेंगे।"

इकाइयों में बँटे व्यक्तित्व, मेरे लिए दुःख और दुनिया का अस्तित्व जब तक है—मैं टूटा नहीं, मैं टूट नहीं सकता। पहले तुम तक ही जुड़ पाया था, अब सारी दुनिया से जुड़ने की ताकत आ गई है।

स्वाति ! हम, तुम, प्रकाश, बड़ी सिस्टर गीतांजली सेन, मेजर गुप्त—यह क्रम बढ़ता चला जाता है और नए दिगन्त को छूता हुआ-सा लगता है। एक सूरज पुनः उग आया और हर किरण सलोनी लगती है। मेजर गुप्त, वह इमोशनल लड़का—सभी एक साथ प्रकाश-यात्रा की ओर उन्मुख हो गए हैं। सभी विकलांग अपने पैर पर खड़े होते जा रहे हैं—कुछ कर गुजरने के संकल्प के सहारे—सोचो जरा..

.संकल्प किसी के हाथ-पाँव कैसे बन जाते हैं। सारी दुनिया में न देव को, न स्वाति को, न प्रकाश को कोई धरातल पोला लगता है और न जमीन की तलाश में भटकना पड़ता है। लहरों पर एक परछाईं डूब जाती है। लहरें कटती हैं, पर परछाईं नहीं...अब बस, रिलीज होकर सीधे तुम्हारे ही यहाँ आऊँगा। प्रकाश को प्यार...।

—तुम्हारा देव

हारी हुई जिन्दगी

यह खामोश अँधेरा और जनवरी की डूबती हुई शाम—मनीष ने दोनों हाथ पैंट की जेब में डालकर पटरियों के किनारे-किनारे चलना प्रारम्भ किया। हर सिरे से सोचते हुए वह उसी बिन्दु पर लौट आता, जहाँ से प्रारम्भ हुआ था। पटरियों के बीच की दूरी बहुत दूर सिमटी-सी लगती है, जैसे दोनों पटरियाँ मिल रही हों, किन्तु मिलती कहाँ हैं ? घुप्प अँधेरे के टुकड़े घने हो चले थे। वह जब काफी दूर निकल आया, तब लगा उसे अब लौटना चाहिए।

शहर की बत्तियाँ दूर से बीमारों की तरह लग रही थीं। पास कहीं किसी डाली पर किसी पक्षी ने पंख फड़फड़ाए और उसके सोचने की शृंखला क्षण-भर को टूटी तो उसे खीज हुई। पर क्षण-भर का अन्तराल और टूटी हुई कड़ी दूसरे ही पल पुनः जुड़ गई। उसे इस वीराने में लग रहा था जैसे रंजना की आवाज उसका पीछा कर रही है—"मनीष...आदमी कितना बेबस है न ! किन्तु तुम कभी विपरीत परिस्थितियों को चुपचाप स्वीकार नहीं करना। पुरुष हो...कायर नहीं, संघर्ष करना...।" वह और अधिक तेज चलने लगा जैसे यह आवाज उसके कोट को पीछे से खींच रही हो...। वह बुदबुदाया—"लेकिन रंजना मैं—का—पुरुष..."

गाड़ी की तेज गड़गड़ाहट में उसके क्षीण स्वर दब गए। वह नीचे रास्ते पर उतर आया। अब शहर की पीली बत्तियाँ बहुत करीब हो आई थीं। यूँ ही थकी हुई चाल से उसने हर वर्ष को लाँघा है। एक खोखलेपन को भरने की कोशिश और पल-पल खोखलेपन का विस्तार... ! वह सामंजस्य स्थापित करते हुए स्वयं ही उलझ जाता है। संघर्ष करता है, अन्ततः हार जाता है। उस दिन दासगुप्ता के साथ उसने हर बाजी हारी थी। अन्त में पूरी जेब उलट आया था। दासगुप्ता की थोथी सहानुभूति हवा में उछलकर फैल गई थी–"पुअर ब्याय..."

कॉफी हाउस से गुरजते हुए उसे लगा, जमकर प्यास लगी है। अन्दर जाते वक्त द्वार पर ही उसे पॉल मिल गया। "हैलो डॉक्टर, कैसे हो ?"

वह धीरे से मुसकराया...एक संक्षिप्त मुस्कान...। पॉल ने सिगरेट ऑफर किए। सिगरेट के छल्लों में वह कुछ आकृतियाँ ढूँढ़ने लगा। इन दायरों में सिमटता हुआ उसका अपना व्यक्तित्व आखिर कहाँ विलीन होता जा रहा है ? खिड़की पर से फिसलती हुई उसकी नजर उत्तर की पर्वत-चोटियों पर टिक गई। आसमान को छूती हुई चोटियाँ...।

"डॉक्टर, आज बहुत सीरियस हो !"

पॉल के प्रश्न से वह चौंक गया। क्या सचमुच वह अस्वाभाविक लग रहा है ? "नहीं तो, कहाँ सीरियस हूँ ! बस पॉल, तबियत कुछ ढीली है।"

उसने दो कॉफी के आर्डर दिए, दोनों एक टेबल पर जम गए।

बार-बार न चाहते हुए भी उसकी दृष्टि बाहर के कोहरे में तैरने लगती जैसे किसी को तलाश रही हो। कॉफी पीते हुए वह सोचने लगा, इन्हीं वादियों में सपने मुसकराए...बिखरे और अतीत का जामा पहनकर वर्तमान से चिपक गए। जिन्दगी अब सिमटकर कितनी तंग हो गई है। हाथ बढ़ाया नहीं कि सख्त अतीत छू जाए...।

शीरी ने अपने ब्याय फ्रेंड के साथ कॉफी हाउस में कदम रखा। उसने मनीष पर एक शरारती दृष्टि डालकर कहा, "गुड ईवनिंग डॉक्टर !"

मनीष के विचारों का ताँता टूट गया–"गुड ईवनिंग !"

सहसा उसे लगा, यह आवाज उसकी नहीं है, जैसे बड़ी दूर से आई हो...।

पॉल कॉफी समाप्त कर चुका था। इस उबा देनेवाले परिवेश से उसे घबराहट होने लगी।

"डॉक्टर, ब्रिज खेलोगे ?"

"आज मन नहीं कर रहा है, जाओ पॉल, तुम खेल लो !"

पॉल उठकर प्रोफेसर रामाराव और मिसेज सेठी के बगल में जा बैठा।

मिसेज सेठी धीरे से फुसफुसाईं—"अच्छा किया पॉल जो उस नीरस डॉक्टर के पास से भाग आए...वह अपने को किसी नामचीन फिलास्फर से कम नहीं समझता... ।"

फुसफुसाहट इतनी धीमी नहीं थी कि मनीष न सुन सके। उसने सिगरेट के धुएँ के साथ उन फब्तियों पर भी फूँक लगाई "—हूँ...फिलास्फर... !"

एक रोशनी का टुकड़ा खिड़की के रास्ते बाहर अँधेरे के वक्ष पर इठला रहा था। कहीं-कहीं से झाँकते शब्दों के ढेर बिखर गए..."मनीष, अब हम तो तुम्हारे बिना पग-भर भी चल नहीं पाएँगे...ये क्या कर दिया है तुमने... ? देखो, हमें कहीं अकेले न छोड़ देना, वर्ना यह अभागिन हमेशा बुझ जाएगी... ।"

यह आवाज उसके साथ-साथ सटती हुई चिता के सम्मुख आकर रुक जाती है। कितना शान्त एवं ठंडा है यह स्वर... ! अस्पताल में अपने बेड पर लेटे-लेटे उसके बालों में उँगलियाँ फँसाए रंजना कह रही थी, "देखो मनीष, हम कितने बदकिस्मत हैं, तुम्हें अकेले छोड़कर जा रहे हैं। किन्तु मनीष, तुम हारना नहीं। हम तो यही सोचकर परेशान हैं कि तुम बिलकुल भोले हो बच्चों की तरह, हमारी अनुपस्थिति को कैसे सहोगे मनी..." क्षण-भर का मौन, फिर वही आस्था का टूटा स्वर—"लेकिन मनीष, हमारी कसम, उदास न होना, नहीं तो हमें भगवान के यहाँ भी चैन नहीं मिलेगा। आम लोगों के लिए फिजिक्स और अर्थशास्त्र को एक ही परिधि में लाकर देखनेवाले प्रोजेक्ट को पूरा करना—अधूरा नहीं छोड़ना।"

चिता के पास घंटों बैठे उसने इन्हीं शब्दों को बार-बार मन-ही-मन दुहराया था। अब सब खत्म हो चुका है। अवशेष को उलट-पलटकर देखने के सिवा बचा ही क्या है ! वह फिर भी उन्हीं लम्हों को दुहराने की बेमानी प्रक्रिया से गुजर रहा है।

कन्धों पर स्पर्श पाकर वह चौंका। हँसते हुए बोस'दा कह उठे—"यंग मैन ! क्या सोच रहे हो भाई ! एक शिकायत भी है तुमसे, तुम्हारे उस महत्वाकांक्षी प्रोजेक्ट का क्या हुआ ? बीच-बीच में कुछ लोग पूछते रहते हैं...चलो छोड़ो काम की बातें, फिलहाल तो बाहर नजर डालो—देखते हो बाहर क्या सुहावना मौसम है—कम एण्ड एंजॉय..."

बोस'दा के आग्रह को उसने टालना नहीं चाहा। बाहर हरी दूब पर वह अनमना-सा चलने लगता है। बोस'दा उसे बेहद अच्छे लगते हैं—एक प्रभावशाली व्यक्तित्व। शायद उन्हें उसका मौन खल जाता है। उसके एक हाथ को अपनी मुट्ठी में दबाते हुए वे कह उठते हैं, "मनीष, तुम बोल्ड बनो। यह क्या, तुम दुबले हो गए हो...क्यों भूलते हो तुम्हारा यह जीना सिर्फ तुम्हारे लिए नहीं है। फिजिक्स

के डॉक्टर हो, तुम्हें ऐसी भावुकता शोभा नहीं देती...।"

मनीष को कॉलेज के दिन याद आ रहे हैं, जब लुक-छिपकर वह कविताएँ लिखा करता था। साथियों ने जमकर लज्जित किया था, "विज्ञान की दुनिया में कविता की खोज नहीं होती डॉक्टर...एटम खोजेंगे या कविता... ? युनिवर्सिटी डिग्री यूँ ही नहीं दे देगी।" वह सायास मुस्कराता है।

दोनों लौटने लगे तो बोस'दा पुनः मनीष को कॉफी हाउस में ले आए। दो कॉफी के प्याले मेज पर आ गए। धुआँ और धुआँ...सीमाओं का बन्धन खुलकर तन जाता है और फैलता चला जाता है धुआँ...पूरा कॉफी हाउस जैसे धुएँ में तैरने लगा। कोने की मेज पर मिसेज सेठी, प्रोफेसर रामाराव, पॉल और मिस्टर मेनन ब्रिज खेल रहे थे। उनके तेज कहकहों से कभी-कभी सारा कॉफी हाउस गूँज उठता। काउंटर पर तोंदवाला अग्रवाल खींसें निपोरते हुए मिस आहूजा को घूर रहा था, लगातार।

शीरी अपने ब्वायफ्रेंड अजीत के कान में कहती है, "डॉक्टर आज बेहद सीरियस है। देख रहे हो कितना बीमार-सा दिखाई दे रहा है !"

अजीत हँसता है, "सेंटीमेंटल फूल्स की जिन्दगी ही ऐसी होती है। एक्सट्रा सेंसेटिव होना माने नरक भोगना...रबिश...आई हेट दिस टाइप आफ लाइफ... !"

बोस'दा से इजाजत लेकर मनीष बाहर निकल आया। कोहरे को काटते हुए उसकी आकृति डूबती चली गई। उसे लगने लगा, एक पदचाप उसका पीछा कर रही है। कुछ क्षण ठिठककर वह खड़ा रहा। मात्र भ्रम समझकर पुनः आगे को हो लिया...किन्तु फिर वही पदचाप...। धीमे प्रकाश में उसने देखा, एक सूअर सड़क के किनारे-किनारे बढ़ रहा था। काफी रात गए घर लौटकर मनीष को लगा कि यहाँ आकर उसने भारी भूल की है। यहाँ का सन्नाटा और भी अधिक कष्टप्रद है। बाहर अँधेरा गाढ़ा हो चला था। ठंडी हवाएँ हड्डियों में धँसती-सी लग रही थीं। खाने के नाम वह सिर्फ होटल गया ही, किन्तु उससे कुछ खाया नहीं गया... अलमारी खोलकर उसने बोतल निकाली और पैर पसारकर आरामकुर्सी में धँस गया। इसकी लत तब से लग गई जब...पापा के विनय...माँ की जल-भरी आँखों ने उसे बाध्य कर दिया तो वह शेफाली ब्याह लाया। मनीष ने एक ही साँस में पूरा गिलास समाप्त कर डाला...। स्मृतियों...के कोहरे में गूँज भरने लगी...। उसने बड़ी गलती की थी। जल्दी-जल्दी में वह परख नहीं पाया। शेफाली उस बड़े घर की लड़की थी जहाँ प्यार एक फैशन और हॉबी मात्र है...पार्टी, क्लब एवं नित नई बाँहें...उसने एक दिन कहा था–"शेफाली, भूलती हो कि तुम मेरी पत्नी हो..." एक व्यंग्य-सना उत्तर आज भी उसे चुभ जाता है–"पत्नी हूँ, तुम्हारी पालतू

नहीं, जो दबती रहूँ। यूँ एक खूँटे से बाँधकर रखना था तो शादी क्यों की थी। जैसे कोई हम गाय-भैंस हैं...” फिर वही कड़वाहट से भिगी शाम और सुबह... ठेलती इुई-सी जिन्दगी...।

मनीष पाँवों में स्लीपर डाल खिड़की के पास सरक आया। इस घने अँधेरे में भी उसे लगा जैसे रंजना की तसवीर तैर रही है। एक सर्द आह अनजाने ही उसके मुख से निकल गई। वह बुदबुदाया, “यथार्थ की धरती कितनी सख्त होती है रंजना, और आदमी कितना बेवकूफ है ! सुख के बादलों की ओट में यथार्थ की किरण से घबराता है...” सहसा उसे खयाल आया, न वहाँ रंजना है और न वह पुराना मनीष ही...। तो क्या अब तक वह अपनी ही लाश को ढोता आ रहा है ? दो वर्ष हो गए, शेफाली मुक्त है। कल भी उसने शेफाली को किसी मिलिटरी ऑफिसर के साथ देखा था। कितनी अजीब है यह दुनिया ! वह खिड़की पर से हट जाता है...।

एक साथ वह दो गिलास पी गया...। जस्टिस कपूर की बात याद हो आई। वह अपनी लड़की नीतू की शादी उससे करना चाहता है। मनीष ने अब तक कोई वचन नहीं दिया। उसे लगा कपूर की आवाज अब तक कमरे में गूँज रही है– “डॉक्टर, अभी तो तुम यंग हो...जीवन के साथ समझौता क्यों नहीं कर लेते... !”

मनीष के हाथ आवेश में काँपने लगे। समझौता या हार... ? रंजना से बिछुड़कर शेफाली से...फिर जीवन से...किन्तु हर दम, हर बार उसके हिस्से में आया शून्य। और सुख...सुख शायद फ्रिज में जमे बर्फ को कहते हैं। जिसे वह भोग रहा है, वह किसी इस्पात कारखाने में तपती सलाखें हैं...यह धरती और आकाश क्षितिज पर मिलते हुए अवश्य दिखते हैं, पर मिलते नहीं हैं। यह भी उनकी नियति है। मनीष के होंठों पर एक फीकी-सी हँसी तैरने लगी। एक अभिशप्त आत्मा के सुकून की तलाश हास्यास्पद है न...स्वयं पर व्यंग्य करते हुए वह थक जाता है।

अन्तिम गिलास खत्म करते-करते फोन की घंटी बजी और बजती रही...। सोच की शृंखला भरभराकर ढह गई। अपने-आपको ठेलते हुए वह फोन पर झुका।

“हैल्लो।”

“आई एम हीयर कपूर...”

“मनीष स्पीकिंग...कहिए कपूर साहब ?”

“क्या हाल है ?”

"ठीक है।" उसका भर्राया स्वर उसे स्वयं ही अप्रिय लगा।

"क्या सोचा है तुमने मनीष ?..."

"माफ करें मि. कपूर, मैं अब...शादी नहीं कर सकता। लीव मी एलोन..."

"किन्तु नीतू..."

उसने झटके से फोन रख दिया। "नहीं...अब मनीष हारेगा नहीं... ।" हाँफते हुए वह पुनः आरामकुर्सी में धँस गया। कमरे में कुछ चेहरे पुनः झूलते-से महसूस हुए। अतीत उस पर हावी होने लगा। उसकी दृष्टि टेबल पर टिक कई। उसकी तरह ही उदास और रिक्त है वाटसिक्स्टीनाइन की बोतल... ! वह बुदबुदाया– "रंजना, कल से तुम्हारा मनीष हारेगा नहीं–तुम्हारी यादों को साथ लेकर अपने मिशन में कूद पड़ेगा–स्वयं को अपने विद्यार्थियों में बिखेर देगा–वर्षों से पड़ी अपनी योजना 'फिजिक्स फोर पूअर्स' पर नए सिरे से काम करेगा–अब नहीं हारेगा मनीष..."

कैसी हो शेफाली...?

शेफालीजी का व्यक्तित्व ही कुछ ऐसा था कि न हम सब उनसे मजाक कर पाते थे, न कोई हँसी-ठिठोली ही। वे हमारे नजदीकी रिश्तेदार की भाभी लगती थीं। उस नाते घर पर आना-जाना लगा ही रहता। जब भी वह घर आतीं, सबको जैसे साँप सूँघ जाता। माँ की निगाहों में कुछ अव्यक्त-सा तिर आया करता। फुसफुसाकर माँ और बुआ जाने क्या बतियाने लगतीं। हम सब जब तक नासमझ रहे, सोचते थे—डर के मारे माँ-बुआ अपनी बात भी फुसफुसाकर कर रही हैं। पर अब समझ में आता है कि बातें शेफालीजी के विषय में ही होती थीं।

सन् 1954

तब लड़कियों को पढ़ने-लिखने की इतनी छूट नहीं मिला करती थी। पाँच जमात पढ़ना ही बड़ी बात होती थी। किन्तु शेफालीजी के पिता सतीनाथ चौधरी जाने-माने शिक्षाशास्त्री थे। एक कॉलेज में रीडर थे। शेफालीजी उनकी दूसरी सन्तान थीं। लड़का तो बचपन से ही बुरी संगत में फँस गया था तो मुश्किल से मैट्रिक कर पाया था। दो-चार साल आवारागर्दी की, फिर एक जूट मिल में लग

गया। चौधरी साहब भीतर-ही-भीतर टूट गए थे, किन्तु शेफालीजी की पढ़ाई की लगन ने उन्हें उबार लिया था। जाने क्या बात थी कि चौधरी साहब को लगता, उनकी तमाम आकांक्षाओं को शेफाली ही आकार दे सकती है। शेफाली धीरे-धीरे कॉलेज की सीढ़ियाँ चढ़ने लगीं, सफलता और डिस्टिंगशन के साथ। शादी की चिन्ताएँ होती थीं तो चौधरी साहब उतने उत्साहित नहीं दिखते और शेफाली के सिर पर तो भूत सवार था, पढ़ो और पढ़ो। बेचारी माताजी की संस्कारों में डूबी आवाज को बाप-बेटी की युगलबंदी के बीच प्रश्रय ही नहीं मिल पाता। बॉटनी में एम.एस-सी. करने के बाद शेफालीजी की शादी कर देना चाहते थे। वर ढूँढ़ा जाने लगा। उच्च-शिक्षा प्राप्त मर्यादावाले वर की तलाश उन दिनों काफी दिक्कत का काम था।

लड़के मिलते थे तो कोई सगोत्र, तो कोई शेफालीजी से कम पढ़ा-लिखा। शेफालीजी के भीतर की सौम्यता ने एक ऐसी गम्भीरता को ओढ़ लिया था कि 'प्रेम' की सम्भावना भी दूसरे पक्ष से समाप्त हो गई थी। कोई पुरुष इस ओर कदम उठाने की हिम्मत नहीं करता और शेफालीजी अपनी ओर से पहल करने को ओछी हरकत की संज्ञा देती थीं। माताजी की पनीली आँखों को अब अनदेखा कर पाना शेफाली को गैरवाजिब लगने लगा था। कभी सोचती, किसी लड़की का कुँआरी रहना क्या इतना गलत है? पास-पड़ोस, नाते-रिश्तेदार भी अजीब-अजीब बातें करते। यहाँ तक कि नाहक सन्देह भी बुना जाने लगा था।

ऐसी ही किसी कमजोर मनःस्थिति में शेफालीजी प्रसन्न कुमार से शादी के लिए राजी हो गई थीं। प्रसन्न कुमार की पढ़ाई-लिखाई में विशेष रुचि नहीं थी। बी.ए. करने के बाद इम्पोर्ट-एक्सपोर्ट के धंधे से लग गए थे। पिता ब्रिटिश सरकार में ऊँचे ओहदे पर थे। उनका अनुभव भी काम आया और प्रसन्न कुमार राँची के माने हुए व्यक्तियों में गिने जाने लगे थे। शादी बड़ी धूमधाम से हुई थी। माँ बताती है, वैसी शादी हमारे परिवार में फिर नहीं हुई। पाँच-छह महीने यूँ ही बीत गए, फिर...

शेफालीजी की थीसिस अभी पूरी नहीं हो पाई थी। वे उसे पूरा कर लेना चाहती थीं। पर प्रसन्न कुमार को यह सब रुचता नहीं था। यूनिवर्सिटी जातीं। सहयोगी मिलते। उनमें कुछ पुरुष भी थे। और यही बात प्रसन्न कुमार को नागवार गुजरती। उस दिन तो हद हो गई जब प्रसन्न कुमार ने कहा था, "सुना है, तुम्हारे कॉलेज के प्रोफेसर अमुक साहब कल घर तक आ धमके थे ?"

"हाँ, आए थे। क्यों?" शेफाली ने सहज भाव से पूछा था।

"कानू (नौकर) बता रहा था, प्रायः आते हैं।"

अब शेफालीजी की चौंकने की बारी थी—तो क्या प्रसन्न कुमार कुछ कुत्सित इंगित कर रहे हैं ?

"आप क्या कह रहे हैं? भई, वे मेरे गाइड हैं, श्रद्धेय हैं—घर तक खुद आ जाते हैं, यह तो उनकी भलमनसाहत है।"

"हाँ, हाँ! दुनिया में सब भले हैं, एक मेरे सिवाय, सुनो, यह कोई अड्डा नहीं, घर है। यहाँ यह सब नहीं चलेगा।"

उस दिन शेफालीजी को लगा, महीनों का बाँध जैसे अचानक टूट गया। छीः! छीः! इतनी ओछी नजर !!

फिर तो यह रोज की रट होने लगी। कभी लड़कियों की पढ़ाई-लिखाई को कोसा जाता तो कभी पुरुष और स्त्री के मेल-मिलाप पर गन्दगी उलीची जाती। धीरे-धीरे सोचने-समझने, खान-पान, रुचिबोध में दोनों का अन्तर स्पष्ट होता चला गया। स्वभाव से ही शेफालीजी कुछ गम्भीर रहीं। चिल्लाकर प्रकट किए गए मंतव्य पर धीरे से ऐसी कुछ पते की बात कह जातीं कि प्रसन्न कुमार आपे से बाहर हो जाते, और तब अमानुषिक ढंग से मारना-पीटना प्रारम्भ हो जाता। ले-देकर दो साल कट गए। शेफालीजी ने एक खूबसूरत बच्ची को जन्म दिया।

जहाँ सबको खुशी हो रही थी, वहीं प्रसन्न कुमार उस रात खूब पीकर आए और "यह बच्ची किसकी है ?...किसकी है ?...बताओ...जान से मार दूँगा...।" उनकी हथेली शेफालीजी की गर्दन पर कसती चली गई।

सास-ससुर के सामने शेफालीजी का यह अपमान था। अब कुछ शेष नहीं बचा था। दूसरे दिन सुबह की गाड़ी से दो दिन की बच्ची को लेकर अपने कमजोर शरीर को ढोती हुई शेफालीजी पितृ-गृह को लौट आई थीं।

इस तरह पिता के पास लौटकर आ जाना उतना सुखद तो नहीं था, किन्तु प्रसन्न कुमार के पास लौटकर जाना अब असम्भव हो गया था। माताजी समझातीं कि पति परमेश्वर है, बिना पति के नारी का जीवन वृथा है। पिता अकसर चुप रहते। उनकी आँखों में दुनिया की तमाम विवशताएँ सिमट आई थीं। बीच-बीच में रिश्तेदार आते, तब कोई-न-कोई जले पर नमक छिड़क जाता कि—"अब क्या होगा ? परित्यक्ताओं की भी कोई जिन्दगी होती है क्या !"

शेफालीजी सोचतीं, कहाँ कुछ गलत हो गया, जो दाम्पत्य की धुरी ही लड़खड़ा गई ? क्या पढ़ाई-लिखाई दाम्पत्य के बीच आ खड़ी होती है ? प्रसन्न कुमार उन्हें घर पर बन्द रखना चाहते रहे, ऐसे में उनका स्वतन्त्र चिन्तन क्या बेमानी था? प्रसन्न कुमाार गलत थे, या वे स्वयं ? यह सब सोचती रहती थीं शेफालीजी। दिन काटे नहीं कटते थे।

इसी बीच प्रसन्न कुमार का पत्र आया : ''यहाँ से जाकर तुम सोचती हो, तुम बच गईं। दूसरी शादी की सोच रही हो, क्यों ? मैं हरगिज नहीं होने दूँगा, यह नहीं हो सकता कि तुम मौज करो। मैं मौज करने नहीं दूँगा। तुम्हें और उस बच्ची को तबाह कर दूँगा।''

पितृ-गृह लौटने के बाद मिला यह पहला पत्र इतना तिक्त लगा कि शेफालीजी की रही-सही आस्था भी टूटने लगी। इधर चौधरी साहब की तबीयत अचानक बहुत बिगड़ गई। जाने बेटी की परिस्थितियों का सदमा था या बीमारी का प्रकोप, एक दिन नींद में ही हार्ट अटैक से चौधरी साहब चल बसे। भाई ब्याह रचाकर अलग रहने लगा था। माताजी और बच्ची की जिम्मेदारी को सँभालने के लिए मात्र शेफालीजी ही रह गई थीं। इन सब परेशानियों के बीच एक-आध पत्र प्रसन्न कुमार के आ ही जाते, जिनमें वही धमकियाँ होतीं और नए सिर से कोसा जाता, ''अब तो तुम्हारे पिता भी नहीं रहे। अब देखता हूँ, तुम्हारी अकड़। आओ, तो रख लूँगा'' आदि-आदि...।

अपनी अनजानी गलती के लिए कभी क्षमा माँग लेने की इच्छा शेफालीजी के जेहन में कहीं शेष रह गई थी, तो वह भी अब समाप्त हो चली थी। प्रसन्न कुमार इस हद तक पशुवत् व्यवहार कर सकते हैं, यह कल्पनातीत था। चौधरी साहब की मृत्यु के बाद अब जीविका की समस्या भी आ खड़ी हुई थी। तब शेफालीजी को अपने पुराने सहयोगियों की मदद से पुनः कॉलेज में नियुक्ति मिल गई थी।

दिन-भर कॉलेज में बीतता, फिर घर आकर बच्ची और माताजी की सेवा में लग जातीं शेफालीजी। घूमना-फिरना यदा-कदा ही होता। कहीं न जाने के पीछे कई कारण थे। एक तो रिश्तेदार ही पुराने घाव कुरेदने लगते। दूसरे, हर बात के अन्त में जवान उम्र का वास्ता देकर अकेली रहने पर भाषण पिलाया जाता। वे हमारे घर आती थीं तो सिर्फ भैया के कारण। भैया उन्हें बेटे की तरह स्नेह देते थे। पुराने जमाने के होते हुए भी उनकी दृष्टि बड़ी सामयिक थी। अकसर कहते, ''शेफाली से सीखो, जिन्दगी से प्यार करना और आत्म-सम्मान से जीना। जहाँ मान नहीं है वहाँ का जीना भी कोई जीना है ?'' भैया के कारण माँ और बुआ शेफालीजी के विरुद्ध फुसफुसाकर बातें करती रहतीं। सामने कुछ कह पाने की हिम्मत किसमें थी ?

जिन्दगी यूँ तो कुछ व्यवस्थित हो चली थी किन्तु फिर भी एक खालीपन था जो चुभता ही रहता। सहानुभूतिवश या मित्रता के नाते, सहयोगी लेक्चरर घर आते; बातें करते मन बहल जाता। उनमें से दो-एक कुछ घनिष्ठ भी हो गए थे।

पर जाने कैसे प्रसन्न कुमार को एक-एक बात का पता होता। एक-न-एक पत्र आ धमकता, जिसमें बेशुमार गालियों के साथ वही पुरानी धमकियाँ दोहराई जातीं। बेचारी शेफालीजी के भीतर का स्नेहिल स्रोत फिर सूख जाता।

उधर प्रसन्न कुमार ने भी दोबारा शादी नहीं की। कभी लगता, वे शेफालीजी को शायद बेहद प्यार करते हैं। इस प्यार में एक पाशविकता थी, जिसे शेफालीजी तो क्या, कोई लड़की शायद बरदाश्त नहीं कर पाती।

आज शादी की बाईसवीं सालगिरह थी। शेफालीजी की एकमात्र बच्ची भी 19 वर्ष की हो गई है। हर विवाह-वार्षिकी के दिन शेफालीजी बिलकुल खामोश हो जाती हैं। यूँ भी उन्हें ज्यादा बतियाते शायद ही किसी ने देखा हो।

प्रसन्न कुमार भी अपने-आपमें एक मिसाल है। हर सालगिरह के दिन डाक से या किसी की मार्फत एक हल्के रंग की (प्रसन्न कुमार को हल्का रंग प्रिय जो था) साड़ी शेफालीजी के नाम जरूर भेज देते हैं। शायद वे भी इस दिन शेफालीजी की तरह उदास हो जाते होंगे। समय के अन्तराल में जहरबुझे तीरों (पत्र) के आने का क्रम घटता जाता है, फिर बन्द हो जाता है, पर दूरियाँ नहीं घटतीं।

आँगन की धूप की तरह उनकी बच्ची बड़ी होती जाती है—बच्ची की निगाहों में ढेर से सवाल उगते हैं—शेफाली जतन से उत्तर देती है। बच्ची को अपनी माँ जितनी समझ में आती है, वह उतना ही पिता के प्रति अनजाने में आकर्षित होती है।

प्रसन्न कुमार साल में एक बार अपने किसी विश्वस्त कारिन्दे को एक विशेष दिन को भेजते हैं। वही एकमात्र सूत्र रह जाता है दो देहरी के बीच...उस दिन जवान होती बेटी के मन में भी अपने पिता के व्यक्तित्व का एक अबूझ पक्ष नए सिर से झाँकता है...मन होता है कभी चुपचाप वह पिता के पास चली जाए और सवालों की झड़ी लगा दे। किन्तु माँ का खयाल आते ही वह अपने उच्छवास को रोक लेती है—कहीं माँ आहत हो गईं तो...दोनों अलग-अलग करीब दो दशक से रहते आ रहे हैं और दोनों ने फिर शादी नहीं की।

कोई प्रत्यक्ष सम्बन्ध न होते हुए भी सालगिरह के दिन की यह भावुकता एक न समझ में आनेवाली पहेली बनी हुई है। क्या प्रसन्न कुमार की कुंठाएँ उनके दिलोदिमाग पर हावी हैं ? क्या आज भी प्रसन्न कुमार का मन शेफालीजी के लिए रोता है ? उस कठिन-कठोर से व्यापारी पुरुष के अंतस में शेफालीजी की तस्वीर क्या आज भी उतनी ही ताजी, कुँवारी और पवित्र है ? फिर वे इतने 'रिजिड' क्यों हो गए ! इस कदर कठोर और निर्लिप्त ?

आज बिटिया की शादी है। लड़केवाले से शेफालीजी ने कुछ भी नहीं छिपाया था–यह भी कहा था, कन्यादान के समय यदि लड़की के पिता उपस्थित नहीं होते–लड़की के मामा कन्यादान करेंगे। संयोग से लड़के के पिता ने सबकुछ खुले मन से स्वीकार लिया था।

शादी के दिन घर पर काफी गहमागहमी थी। नाते-रिश्तेदारों के जमघट में काफी शोर-शराबा था। इन सबके बीच भी एक खामोशी का एहसास निकट के लोगों की आँखों में पढ़ा जा सकता था–लेकिन प्रत्यक्ष में कोई सवाल नहीं कर रहा था। शेफालीजी के चेहरे में दायित्व का तनाव इस कदर हावी था कि उसके बीच प्रसन्न कुमार को लेकर चिन्ताओं को पृथक करना लगभग असम्भव था।

बारात आने के घंटा भर पहले एक चेहरा मुख्यद्वार पर उभरता है और संयोग ऐसा कि ठीक उसी वक्त किसी को ढूँढ़ते हुए शेफालीजी वहाँ पहुँचती हैं। वर्षों बाद दोनों एक-दूसरे को देखते हैं...कोई कुछ नहीं कहता...बीच में ठहर गए संवाद जैसे कुछ भूल से जाते हैं...पहल शेफालीजी करती हैं... "अन्दर नहीं आओगे...? (कितने दुबले हो गए हैं, आधे बाल सफेद हो गए...डाय भी नहीं करते हैं, शायद) जल्दी से तैयार हो जाओ, कुछ खा लो...थक गए होगे..." प्रसन्न कुमार जैसे तन्द्रा से जागते हैं..."मैं ठीक हूँ...तुम कैसी हो शेफाली...?" वर्षों बाद वह अपेक्षित छोटे से वाक्य को सुन रही थीं...क्या वह इसी वाक्य को इतनी आत्मीयता से सुनने की प्रतीक्षा वर्षों से कर रही थीं? भीतर कोई स्रोत फूट पड़ता है–आवाज भर्रा जाती है..."मैं...मैं तो...ठीक हूँ, चलो अपनी बेटी से मिल लो पहले...।"

कमजोर

मैं तेजी से बैंक मोड़ की तरफ मुड़ जाता हूँ। कोने की उस छोटी-सी दुकान की चाय मुझे पसन्द है। इसी चाय की तरह सुधा भी मुझे अच्छी लगती है। वह मेरी ऑफिस की मुख्य टाइपिस्ट है। मैं यह भी जानता हूँ कि यह ''अच्छा'' लगना मेरी पत्नी यानी मनीषा के प्रति अन्याय है।

चाय की दुकान तक पहुँचते हुए मुझे लगता है, होंठों पर अब भी सुधा के चुम्बन का एहसास जीवित है। मैं तुरन्त चाय पीने का विचार स्थगित कर देता हूँ। महज चाय की चन्द चुस्कियों से इस मादक गुदगुदाहट को क्यों नष्ट किया जाए। मैं तेजी से बिना चाय पिए गली के मुहाने से ही दूसरी तरफ मुड़ जाता हूँ। और अनायास मुझे सुधा का सवाल याद आ जाता है–''मनीषा दीदी तुम्हें खूब प्यार करती हैं, न ?'' शायद सुधा ने सोचा होगा कि मैं उसे फुसलाने के बहाने कोई नकारात्मक उत्तर दूँगा। अनायास मैं कहता हूँ–''बेशक...''

''फिर मुझमें इतनी दिलचस्पी क्यों ?'' कहने के अन्दाज से लगा, अपनी पत्नी के पक्ष में दिए गए मेरे उत्तर से वह खुश नहीं है।

मेरे भीतर की चतुराई सतर्क हो जाती है। उसे बाँहों में घेरकर चूम लेता

हूँ–"क्योंकि तुम भी अच्छी लगती हो।"

शायद उसे यह उत्तर उतना नहीं भाया, क्योंकि वह खुश होती है तो उसके होंठों पर एक अजीब-सी मुसकान तैरने लगती है, जो फिलहाल वहाँ नहीं है। मगर मैं मजबूर हूँ मनीषा के सच्चे प्यार के आगे। मनीषा की अनुपस्थिति में भी अस्वीकार नहीं कर सकता कि वह मुझे बेहद प्यार करती है। किन्तु...

मन का विचलन बढ़ता है तो अपराध-बोध भी बढ़ने लगता है। ऊपर से बोल्ड बने रहने की कोशिशों के बावजूद मुझे लगता रहता है कि मनीषा के विश्वास को मैं लगातार ठेस पहुँचा रहा हूँ। चलते-चलते किसी के पाँव के नीचे मेरे जूते का एक ढीला लैस आ जाता है और मैं गिरते-गिरते बचता हूँ। रुककर जूतों के खुले हुए फीते पुनः बाँध लेता हूँ और तेज चलना प्रारम्भ करता हूँ। न जाने क्यों तुरन्त घर पहुँचने की इच्छा तीव्र होने लगी है, हालाँकि ऐसी जल्दबाजी मेरे स्वभाव के विपरीत है।

घर में पैर रखते ही आहट पाकर मनीषा किचन से बाहर आ जाती है। उसके अधरों पर नित्य की भाँति स्वागत-भरी किन्तु ठंडी मुसकान है। मैं चाहता हूँ मनीषा सुधा की तरह गर्मागर्म हँसी हँसे, कभी कुछ तीखी-सी लगे। इतनी ठंडी हँसी मुझे खल जाती है। मैं प्रत्युत्तर में कब मुसकराने लगा, यह मैं स्वयं नहीं जानता। अब मैं बाकायदा मुसकरा रहा हूँ...। यह मेरा अभिनय है या...

"हाथ-मुँह धो लो, तब तक मैं चाय ले आती हूँ।" मनीषा तत्पर हो जाती है।

किचन से स्टोव के जलने की आवाजें आने लगती हैं।

कई दिनों से मैं घर में 'एडजस्ट' नहीं हो पा रही हूँ। कल भी मनीषा फफककर रो उठी थी।

"तुम्हें आखिर क्या हो गया? इतने उखड़े-उखड़े-से क्यों रहते हो? अपनी उलझनें मुझसे भी नहीं कहोगे ?"

मैं उसे समझा नहीं सकता, ये उलझनें दरअसल हैं क्या ! इन्हें मैं स्वयं ही नहीं समझ पाया तो उसे क्या समझाऊँ ? ऐसे क्षणों में अकसर वह मुझे याचना-भरी निगाहों से देखने लगती है। यह याचना के भाव भी मुझे रास नहीं आते। आखिर मनीषा अपने स्वाभिमान को कहाँ छोड़ आई है ? वह आम औरतों की तरह मुझ पर शक क्यों नहीं करती ?

मैं एक सिगरेट सुलगा लेता हूँ। न मैं घर में स्वाभाविक रह पाता हूँ, न दफ्तर के बाद घर के बाहर जाकर मूड बनाने में मेरी कोई रुचि रहती है। यह

क्रम कई दिनों से चल रहा है और प्रायः मनीषा मेरे असंपृक्त बरताव पर बात-बेबात रोती रहती है। ऐसे में मैं और अधिक अस्वाभाविक हो उठता हूँ। इतनी कमजोर औरत...! तब तो मेरी अनुपस्थिति में कोई भी पुरुष इसे अपनी तरफ 'मोल्ड' कर सकता है। मैं सन्देह के बादलों को स्वयं ही एकत्रित करता हूँ और उनके बीच घिर जाता हूँ। फिर सहसा मुझे खयाल आता है कि वह इतनी कमजोर है कि अब इश्क भी नहीं लड़ा पाएगी।

चाय लेकर मनीषा उसी ठंडी मुसकुराहट के साथ प्रवेश करती है।

"लो, चाय पी लो।"

आधी बची सिगरेट को एशट्रे में छोड़ देता हूँ। वैसे मनीषा से बतियाने की मेरी कोई इच्छा नहीं है, क्योंकि मुझे मालूम है मैं जो भी कहूँगा, उसमें उसकी सहमति शत-प्रतिशत होगी। एक वाक्य भी वह विद्रोही की तरह नहीं कहेगी। ठंडी, बिलकुल ठंडी...। जाने किस भावना से प्रेरित होकर मैं कह उठता हूँ—"तुम अपने लिए भी तो ले आओ।"

"अभी लाई, पहले तुम शुरू तो करो।" वह चली जाती है। कभी तो मनीषा ने "ना" कहा होता। मुझे लगता है कि सब कुछ एकतरफा है। वह अपनी चाय लिए हुए पास आकर बैठ जाती है। मैं देखता हूँ उसके होंठों पर वही ठंडी मुसकुराहट पुनः आ ठहरी है। भीतर-ही-भीतर मैं खौलने लगता हूँ। ठीक ऐसे ही माहौल में मुझे दफ्तर की सुधा याद आने लगती है। कितनी चंचल, कितनी शोख...कम-से-कम दो पल के लिए मैं महसूस करता हूँ कोई जिन्दा 'औरत' मेरे पास है। और यह मनीषा...। मैं चाय समाप्त कर पत्रिका पढ़ने का दिखावा करने लगता हूँ। किन्तु भीतर-ही-भीतर कोई फाँस गड़ने लगती है। मनीषा उठकर कब किचन की ओर चली गई, मुझे पता तक नहीं चलता। अब वह खाना तैयार करने में जुट गई होगी।

जब कभी अच्छे 'मूड' में उससे कहता हूँ—"चलो आज घूम आएँ।"

वह तपाक से पूछ लेती है, "और खाना ?"

"होटल में खा लेंगे।"

इसके आगे वह न कोई सवाल करती है, न मना करती है—आर्डली की तरह तैयार होने चली जाती है। वह कभी रूठती ही नहीं ताकि मुझे मनाना पड़े और न ही मुझे नाराज होने का कोई अवसर सौंपती है। मनीषा की ठंडक ने मुझे अजीबो-गरीब सीमाओं में बाँध रखा है, उसने मुझे एक तय टाइम टेबल पर चलने वाली मशीन बना डाला है। मैं स्वयं को समझाता हूँ कि अगर मैं सुधा से कोई सम्बन्ध रख रहा हूँ तो कोई अन्याय नहीं कर रहा हूँ...।

कहीं टहल आना चाहिए, तब शायद कुछ राहत मिले। मैं कपड़े बदलकर बाहर की ओर हो लेता हूँ। जूतों को जान-बूझकर जमीन पर पटकते चलता हूँ ताकि किचन में बैठी मनीषा समझ जाए। मैं कनखियों से देखता हूँ–मनीषा मुझे बाहर जाते हुए देख भर रही है। वह मुझे टोकती क्यों नहीं ? जाते-जाते उसके चेहरे पर नजर पड़ती है, वह गम्भीर लग रही है। मैं पुनः अस्थिर होने लगता हूँ। आखिर मनीषा मुझे समझती क्या है? कोई मशीन या महज एक उपकरण, जो स्पंदन की परवाह ही न करे ? उफ्...।

कुछ देर तक मैं खुली सड़क पर निरुद्देश्य घूमता रहता हूँ। फिर पासवाले पार्क में घुस जाता हूँ। जिस बेंच पर मैं बैठा हूँ, उससे कुछ दूरी पर दो आकृतियाँ काफी सटकर बैठी हैं। अँधेरे में मैं उन्हें ठीक से देख नहीं पाता। नारी-कंठ की आवाज भर सुनाई देती है–

"तुम गलत कहते हो रोहित, मैं आज भी उसी तरह तुम्हें प्यार करती हूँ। हाँ! अगर तुम्हें ऐसा महसूस नहीं हो रहा तो मैं आखिर कर ही क्या सकती हूँ ?"

मेरे मन में होता है चीखकर कहूँ–"वाह...क्या स्वाभिमान है!"

पुरुष-कंठ अनुनय के स्वर में कहता है–"मैं जानता हूँ, मैंने तो महज मजाक किया था।"

मैं वहाँ से उठ जाता हूँ। काफी देर तक यूँ ही लक्ष्यहीन टहलता रहता हूँ। घर जाना यानी उसी मरी हुई उदासी से रूबरू होना। पेट में जब भूख ने आंदोलन प्रारम्भ कर दिया, तो मैं मजबूरन लौट आया। घर में आते हुए मेरी दृष्टि मनीषा के मुख पर पड़ गई। रेखाएँ खिंची-खिंची-सी हैं। दृष्टि काफी स्थिर-सी लगी। काफी अरसे बाद मुझे चेहरे पर एक अजीब-सी कठोरता दिखी।

"खाना खा लो...।"

मैंने तुरन्त कोई प्रतिक्रिया नहीं जतलाई–अलसाया हुआ बैठा ही रहा। मनीषा द्वार पर खड़ी-खड़ी जाने क्या सोच रही थी। उसके होंठों पर से ठंडी मुसकान अब जा चुकी है।

खाने के बाद मैं जाकर खाट पर लेट गया। मनीषा ने भी खाना खाया, फिर बर्तन धोने लगी। मैं अब 'कुछ' जरूरत महसूसने लगता हूँ। इन क्षणों में मेरे भीतर का पुरुष अधिक आहत होता है क्योंकि मनीषा का समर्पण हमेशा मुझे वाकओवर की याद दिलाता है, जिसमें खेल का मजा ही गायब हो जाता है। वह एक लाश की तरह बिछ जाती है...। मनीषा यह समर्पण इतने दयनीय ढंग से क्यों करती है ? दफ्तर की सुधा तो मुझे ललचाकर तब तक दूरी बनाए रखती है जब तक उत्तेजनावश मैं उसे याचना की दृष्टि से नहीं देखता या सीधे

शब्दों में दबोच नहीं लेता।

मनीषा लाइट ऑफ कर खाट पर लेट गई है। मैं महसूस कर रहा हूँ वह रोज की तरह सहज और स्वाभाविक नहीं है—आज वह काफी दूरी बनाए हुए है। मेरे भीतर की उत्तेजना अँधेरे में उसके चेहरे को महसूस नहीं करती। आश्चर्यचकित हूँ, दिन के उजाले की विरक्ति शरीर की माँग के आगे घुटने टेक देती है। मैं ज्यों ही मनीषा की ओर हाथ बढ़ाता हूँ, वह मेरे हाथ को गंतव्य तक पहुँचने से पहले ही रोक देती है। मैं पुनः हाथ बढ़ाता हूँ, वह फिर रोक देती है। अचानक मनीषा फट पड़ती है। सहसा मेरे कानों को विश्वास नहीं होता। वह कहती है—"रोज-रोज का यह मौन, दूरी, अलगाव, फिर सिर्फ रात को ही इतनी आत्मीयता क्यों ? रहने दो यह सब, अब हमसे यह मशीनी वातावरण सहा नहीं जाता..." उसका स्वर कुछ भीगा हुआ-सा लगता है। सहसा मुझे कुछ नहीं सूझता। मैं भीतर-ही-भीतर अपने को बेहद कमजोर महसूस करता हूँ। मनीषा की ओर खिसकते हुए अनजाने सफाई देने की कोशिश में हकलाने भी लगता हूँ—"नहीं डियर, ऐसी बात नहीं, दरअसल तबीयत..." इस झूठ ने सिद्ध कर दिया कि मनीषा नहीं, मैं स्वयं कमजोर हो गया हूँ। मुझे लगता है, मैं उत्तेजना से तपने लगा हूँ और मनीषा वह सौम्य नदी है जो बाढ़ के समय अपना आपा खो देती है। मैं भी कहाँ भटक गया था...प्यार के रूठने का निहायत अपनत्व-भरा यह अंदाज सुधा के पास है ही कहाँ...?

कथान्त

मैं नहीं जानता इस कहानी का अन्त क्या होगा। यूँ भी प्रारम्भ में ही अन्त के विषय में क्यों सोचा जाए।

यह कहानी उन सब युवक-युवतियों के मनःसंसार से जुड़ी कहानी है, जिन्हें सुबह-शाम सूक्तियों और समझाइश की घुट्टी पिलाई जाती है। "ऐसा करना चाहिए"..."ऐसा नहीं करना चाहिए" जैसी पंक्तियों से बात शुरू होती है और "इनसे कोई उम्मीद करना बेकार है—न बड़ों की सुनते हैं, न उनकी इज्जत करते हैं" जैसे निर्णायक सारांश पर जाकर ठहरती है।

खैर, मैं तो कहानी की बात कर रहा था। युवती का नाम प्रत्याशा है और युवक का संकल्प। ये दोनों किसी धनकुबेर के घर जन्म ले सकते थे, पर यह उनके बस में नहीं था। प्रत्याशा मध्यम और उच्चवर्ग के बीच घड़ी के पेंडुलम की तरह कभी इधर, तो कभी उधर डोलते परिवार से थी। दो वर्गों के बीच परिवार इसलिए डोलता था कि जब उच्चवर्ग वाले अपनी कुलीनता में उसके पिता को धब्बे की तरह समझते तो परे धकेलते। जब धनाढ्यों को देखने-दिखाने के लिए संघर्ष, आदर्श या ईमानदारी का चेहरा चाहिए होता तो वे प्रत्याशा के पिता को

सहलाते और पिता निहाल होकर पुराने पदाघात भूल जाते।

प्रत्याशा की माँ पारम्परिकता की जद में पति की छाया बनी रहती। जैसे ही उनके भीतर की मध्यमवर्गीय औरत जाग जाती, वह कभी-कभार तनकर खड़ी हो जाती। यही वजह है कि प्रत्याशा की ऊँची तालीम के लिए पूरा घर उसके पीछे मजबूत सहारा बना रहा। माँ के संस्कार और अपनी वर्गीय चेतना से जुड़े रहने के आग्रह के चलते प्रत्याशा संकल्प जैसे निहायत साधारण युवक के ज्यादा करीब आ पाई अन्यथा धनी घरों के लाडलों ने उसे पटाने की कम कोशिश नहीं की थी। उसे लगता, संकल्प के बड़े परिवार में रिश्तों के बीच एक अदृश्य खुशबू है।

संकल्प यानी इस देश का एक औसत युवक, जिसके अभिभावक अपने सपनों को भी अपने बच्चों के कन्धों पर टाँगकर ही निश्चित नहीं होते, बीच-बीच में याद दिलाते रहते हैं कि अभिभावकों का बुढ़ापा यानी आकांक्षाएँ बच्चों के कन्धों के भरोसे है। संकल्प ने माँ से सुना है कि पिता पढ़ाई-लिखाई में बहुत तेज थे। डॉक्टर बनना चाहते थे। मगर परसेंटेज कम रहने के कारण रह गए। अन्ततः रेलवे की बाबूगिरी उनके हिस्से में आ पाई। हालाँकि रेलवे की नौकरी भी उस जमाने में कम नहीं होती थी। पर अकसर माँ-बाप जो होना चाहते हैं, वह यदि वे हो नहीं पाते तो बच्चे को उनकी दबी आकांक्षाएँ ढोनी पड़ती हैं। संकल्प को आर्ट्स के विषय अच्छे लगते थे, लेकिन अन्ततः पारिवारिक दबाव में उसे साइंस लेनी पड़ी और वह ले-देकर फिजिक्स के साथ जुड़ गया था। लेकिन केमेस्ट्री उसके लिए एक अबूझ पहेली बन गई। परीक्षा पास तो करनी ही है। नम्बर थोड़े भी खराब होते तो उसकी माँ का चेहरा उतर जाता था और पिता अपनी झल्लाहट को रोक नहीं पाते थे। दोस्तों के बीच भी जब रिजल्ट के बारे में चर्चा होती तो रोहित और मनीष जैसे हमउम्र मित्र बड़े बिन्दास तरीके से कहते, "यार, मेरे पापा को तो सिर्फ पास होने से मतलब है, परसेंटेज से नहीं। हमें तो साफ कहा गया है कि हम उन्हें इतना बता दें कि पेपर कैसा गया, बाकी वे सँभाल लेंगे।" मनीष का कथन कुछ अलग होता, वह कहता, "यार, मुझे तो बिजनेस सँभालना है। डिग्री तो सिर्फ इंस्पेक्टरों को प्रभावित करने के लिए ली जाती है। पास हो तो भी बीएससी, सैकेंड क्लास हो तो भी बीएससी और थर्ड क्लास हो तो भी बीएससी। पापा को इससे कोई फर्क नहीं पड़ता। पहले के जमाने में तो हमारे परिवार में किसी ने मैट्रिक कर ली तो बहुत होता था।"

संकल्प को यूँ अपने परिवार का आत्मीय संरक्षण हासिल है, लेकिन जब उसने पहली बार पॉकेट मनी की बात की, तो पापा एकाएक झुँझलाए : "पॉकेट

मनी की जरूरत क्यों पड़ती है? ये सब बड़े घरों के चोंचले हैं।" माँ अकसर पिघल जाया करती, उस दिन भी पिघली। उसने ही पापा को समझाया, परन्तु कई ऐसे अवसर आए जब थोड़ी-सी पॉकेट मनी दोस्तों की विभिन्न तरह की पार्टियों के लिए नाकाफी साबित हुई, वह लज्जित भी हुआ। पर घर की परिस्थितियाँ उससे छुपी हुई तो नहीं थीं। संकल्प सोचता, शायद सबकी माँ एक जैसी होती हैं। तभी तो प्रत्याशा की माँ उसे नरम निगाह से देखती। प्रत्याशा के पिता से उसकी एक ही बार मुलाकात हुई थी। लेकिन उस एक दिन की मुलाकात में संकल्प ने उनके चेहरे में अप्रसन्नता के कुछ चिन्ह ढूँढ़ लिए थे। प्रत्याशा के पिता की अप्रसन्नता अपने तौर पर तर्कसंगत भी लगती थी। उच्चवर्ग के कार्पेट पर एक आधकार पंख रख लो, तो सख्त जमीन, साधारण फर्श और दरी-चादर का एहसास कुछ लोगों को परेशान कर जाता है। अमूमन सभी पिता अपनी एकमात्र बेटी की सुख-सुविधा का खयाल इसी तरह रखना चाहते हैं। किन्तु प्रत्याशा की माँ के पारम्परिक सवाल के आगे वे हथियार डाल देते हैं, जब वह पूछती है–"हमने कहाँ से शुरू की थी गृहस्थी ?" बेटी मन से सुखी हो, यही सोचा करो–"हर धनी-मानी मन से सुखी है या नहीं, तुम्हें पता है ?" प्रत्याशा के पिता फिर कुछ कहते नहीं, पर पूरी तरह सहमत भी नहीं होते।

अप्रत्यक्ष तौर पर उसने प्रत्याशा को समझाने का प्रयास किया था कि हमारी मित्रता यदि इससे अधिक घनत्व की ओर बढ़ती है तो निश्चित तौर पर सबसे पहले और सबसे बड़ा विरोध तुम्हारे पापा की ओर से होगा। प्रत्याशा ने तपाक से जवाब दिया था, "सम्बन्धों के घनत्व घटने-बढ़ने का क्या मतलब ? क्या तुम हमारे बीच के रिश्ते को इतने हल्के से लेते हो? क्या तुम्हें अभी भी लगता है कि हम बिछुड़ सकते हैं ? माँ मुझे खूब समझती हैं। वे पापा को अवश्य मना लेगी।"

आज संकल्प विश्वविद्यालय से अपना टीसी लेकर लौट रहा है। केमेस्ट्री के भूत को भी उसने जैसे-तैसे साध लिया था और प्रथम श्रेणी को वह भले ही किनारे से पकड़ पाया, आज प्रथम श्रेणी की डिग्री उसकी झोली में है, मगर इसके बाद...? एक भाई और एक बहन की पढ़ाई-लिखाई का खर्च ढोते हुए, पिता आगे ठोस यानी उपार्जन की गारंटी वाली पढ़ाई या काम के लिए कहेंगे। ज्यादा-से-ज्यादा किसी व्यावसायिक प्रशिक्षण की बात हो सकती है। फिर होगी काम की तलाश। वह जब द्वितीय वर्ष में था, तब से ही उसके दिमाग में यह बात बैठी हुई थी कि नौकरियाँ हैं कहाँ, किसे मिल रही हैं। कई वरिष्ठ दोस्त अभी भी नौकरी की तलाश में घूम रहे हैं।

तीन वर्ष बीत गए। प्रत्याशा अब तक संकल्प को यह समझा ही नहीं पा रही है कि नौकरी जरूरी तो नहीं। वह कुछ और भी कर सकती है। संकल्प स्पष्ट कहता, "कुछ अैर काम करने के लिए पूँजी चाहिए, जो मुझे उपलब्ध होनी मुश्किल है।" प्रत्याशा का तर्क होता कि संकल्प चाहे तो किसी व्यवसाय के लिए वह पापा से कहकर पूँजी की व्यवस्था करवा सकती है। प्रत्याशा ने यह भी सुझाया कि वह स्वयं कुछ काम कर लेगी। लड़कियों को काम मिलना आसान है। मगर संकल्प के ऊपर उसका कोई असर नहीं हुआ।

इन दिनों प्रत्याशा ज्यादा तनाव में है। उधर पापा शादी के लिए तैयारी की बात कर रहे हैं। इधर माँ कभी नरम पड़ती है तो पापा की ओर हो जाती है। संकल्प का अनिर्णय उसे और परेशान कर जाता। पहले वह सोचा करती, कितना सहज है प्यार को निभाना। लेकिन अब ऐसा नहीं लगता। वह स्वयं कुछ करने लग जाए। उसे तो पापा का पूरा समर्थन प्राप्त होगा, पर संकल्प इस बात पर राजी नहीं है। कभी-कभी वह ताव खा जाती कि संकल्प आम पुरुषों की तरह एक कांप्लेक्स से ग्रस्त है। क्या फर्क पड़ता है इस बात से कि पति-पत्नी की रिश्ते की गृहस्थी को आर्थिक रूप से अधिक सहारा कौन दे रहा है—पति या पत्नी ?

पिछले कुछ दिनों से उसे लग रहा है कि संकल्प अपने ही भीतर सिकुड़ता जा रहा है, और उसके सिकुड़ने मात्र से उसके अपने जीवन की समूची चाहत एकाएक सिकुड़ सकती है, जबकि उसका परिवेश खुले आकाश में उड़ने का आमन्त्रण देता रहता है। उसके एक सहपाठी ने तो कह ही दिया—"किस मध्यमवर्ग के लड़के के पीछे खामखा पड़ी हो तुम ? इसके सक्षम होते तक तो तुम्हारी जिन्दगी का रंग ही फीका पड़ जाएगा। फिर दूसरों की झमाझम जिन्दगी देखकर बिसूरती रहना। यार, तुम्हीं बताओ क्या तुमने कभी किसी औरत को देवदास की तरह रोते हुए देखा है ? कोई संकल्प देवदास की तरह रो सकता है, तुम नहीं।"

यह कहानी यहीं तक पहुँची थी कि मुझे लगा, यह बिलकुल ही पारम्परिक-सी कहानी है, इसमें कोई नयापन नहीं है। एक मध्यमवर्गीय लड़के के भीतर एक सीमित आकाश ही हुआ करता है। वह उड़ेगा भी तो कहाँ तक ? वह सहेगा भी तो कितना ?

उधर प्रत्याशा जैसी लड़कियाँ स्वयं को आदर्शों और सिद्धान्तों की बलि नहीं चढ़ा सकतीं। यह सब पुरानी बातें हो गई हैं। लेकिन कहानी को, आज के सीरियल में जो कुछ दिखाया जा रहा है, उस मोड़ पर कतई नहीं ले जाया जा सकता। वास्तविक जिन्दगी में ऐसा जरूर हो सकता है कि संकल्प और प्रत्याशा

अपनी-अपनी वर्ग-चेतना के दायरे स्वीकार कर लें। चाहे रोकर, चाहे हँसकर, अपने-अपने प्रारब्ध को चुन लें।

कहानी लिखने में ऐसी उलझन पहले कभी नहीं हुई। कहीं ऐसा तो नहीं कि कहानी लिखने के दौरान परफेक्शन की चिन्ता में, मूल कथानक की संवेदना इधर-उधर की बातों में उलझकर रह गई। ऐसा भी हो सकता है कि स्वयं के बच्चे जब प्यार की दहलीज पर खड़े हों तो कहानी को लेखक-पिता ऐसी परिणति की ओर ले जाने में हिचक रहा हो, जो स्वयं उसे रास नहीं आ रही।

बहरहाल, कहानी के दो केन्द्रीय पात्रों, प्रत्याशा और संकल्प को हम अनिर्णय की स्थिति में इस तरह एक स्थान पर ठहराए नहीं रख सकते। यूँ भी इस तेज दौड़वाले समय में खासकर युवा पात्र अधिक देर तक कहानीकार के समाधान की प्रतीक्षा नहीं कर सकते। यह भी जरूरी नहीं कि कहानीकार का गढ़ा हुआ अन्त उन्हें स्वीकार्य हो। उधर कहानी में उपभोक्तावाद से पूर्ण प्रभावित और अति व्यावहारिक एक पात्र मनीष भी है, जो प्रत्याशा को लगातार समझा रहा है कि संकल्प की मध्यमवर्गीय चेतना त्वरित निर्णय में बाधक है।

हम प्रत्याशा को बेचारी कहकर उसका अपमान भी नहीं कर सकते। वह खाते-पीते परिवार की, पढ़ी-लिखी तथा पर्याप्त साहसी लड़की है। संकल्प को वह पूरे मन से प्यार करती है। उसके प्यार में दृढ़ता है किन्तु एक ही बिन्दु है जहाँ वह अनुभव की कमी महसूस करती है। उसने जबसे होश सँभाला स्वयं को इकाई परिवार में पाया—माँ, पिता और वह। उधर संकल्प का परिवार अर्ध-संयुक्त परिवार है। दादी और बुआ साथ रहती हैं—शेष रिश्तेदारों का आना-जाना लगा ही रहता है।

इस तीसरे पात्र मनीष को भी हम फिल्मी सीरियलों की शैली में पारिवारिक खलनायक नहीं कह सकते। वह वर्ग-संघर्ष को तट पर खड़ा रहकर स्थितप्रज्ञ की तरह देख रहा है। बाजार को समझने लगा है। अतः भावुकता के किसी तरह के फिल्टर की जरूरत उसे नहीं है। वह प्यार के विरुद्ध भी नहीं है। उसे भौतिक आवश्यकताओं का पूरा-पूरा खयाल है। अतः प्यार के लिए 'त्याग' या खामखा वाले दर्द को वह गैर-जरूरी मानता है। उसके लिए 'समय' की कीमत सबसे अधिक है।

यदि कहानी को एक अन्त देना ही है तो बड़ी आसानी से मनीष के तर्कों से सहमत होते हुए, प्रत्याशा अचानक मनीष की हो सकती है। किन्तु यही सबसे बड़ी दिक्कत भी है। प्रत्याशा कोई बच्ची तो है नहीं, अतः उसे यह पता है कि मनीष की व्यवहारवादी सीख उसके जख्म को ठंडक जरूर पहुँचा सकती है, पर

मनीष की पत्नी बनने में वही व्यवहारवाद बाधक भी साबित हो सकता है। वह तो प्यार की बुनियाद पर अपना घर बुनना चाहती है। पिता के संरक्षण और माँ की संवेदना ने प्रत्याशा को इतनी परिपक्वता तो दे दी है कि वह जीवन-साथी को सूखी-सिकुड़ी व्यावहारिकता में न तलाशती रह जाए।

रात देर तक नींद नहीं आई। पता नहीं क्यों इसे महज कहानी की तरह मैं क्यों नहीं देख पा रहा हूँ। यदि प्रत्याशा के भीतर मैं एक बवंडर जगा दूँ और मनीष को कुछ और तराशकर उसे भावुकता के कुछ सूत्र पकड़ा दूँ तो आसानी से मैं इस कहानी का अन्त गढ़ सकता हूँ। ऐसी कोशिश एकआध बार की भी, किन्तु हर बार लगा कि प्रत्याशा की हतप्रभ और सवालिया दृष्टि मुझे घूर रही है, उसके चेहरे की नसें इस कदर तनी हुई हैं कि वह थूक भी निगलती है तो गले के पास की नसें फूल जाती हैं। डर लगता है कि वह नाराजगी के चलते मुझसे मेरी कलम ही न छीन ले।

अन्त में मेरी नजर एक ही निरीह पात्र पर आ टिकती है। थक-हारकर सोचता हूँ कि संकल्प को तैयार किया जा सकता है। कुछ नहीं तो उसकी मध्यमवर्गीय कोमलता को ही गुदगुदाया जा सकता है, आदर्श और त्याग के छोटे-बड़े दृष्टांतों से उसे पिघलाया जा सकता है। वर्ग-संघर्ष की आँच में कुछ देर तक तपाया जाए तो वह आदर्श का दंश झेलने के लिए तैयार हो ही जाएगा। इस विचार मात्र से मेरे भीतर की उथल-पुथल को अचानक सुकून मिलने लगता है।

इस अन्त तक आने में कब रात के दो बज गए, पता ही नहीं चला...मगर अब लगता है कि मुझे नींद आ रही है...सुबह होते ही कहानी पूरी कर लूँगा। विशेषांक के लिए अधीरजी ने टोंचते हुए पत्र लिखा है कि ''बन्धुवर, यदि युवांक के लिए आपने इस बार भी कहानी नहीं भेजी तो आपकी सच्ची प्रेम-कहानी छाप दूँगा—तब गाली नहीं देना।'' खैर, प्रेम-कहानी छपने का डर इस उम्र में रह ही कहाँ जाता है! इसके उलटे तमाम बीते प्रसंग संजीवनी बन जाते हैं। अधीरजी के आग्रह और पत्रों की मार से अधिक डर लगता है...टेबल पर अधूरी कहानी के पृष्ठों को जस-का-तस छोड़ बिस्तर पर पसरते ही कब नींद आ गई, पता ही नहीं चला।

सुबह आदतन देर से उठा तो सबसे पहले टेबल पर नजर टिकी—कहानी के बिखरे पृष्ठ गायब थे। कहीं उड़ तो नहीं गए ? रात खिड़की बन्द करना भूल गया था—क्या पता रात तेज हवा का झोंका आया हो...चिन्तित होते हुए किसी को आवाज लगाने वाला ही था कि रचना चाय की प्याली लिए हुए कमरे में दाखिल होती है। उसकी दूसरी हथेली में मुझे कुछ कागज भी दिखे—''पापा, आज

तो उठने में आपने बहुत देर कर दी—हमने तो पहले दौर की चाय कब की पी ली है और हाँ, यह कहानी मैंने पढ़ ली है...पर यह अधूरी क्यों है पापा ?"

मैं पहले तो कहानी के न गुमने की सूचना पाकर पुलकित हुआ, फिर रचना के सवाल का खयाल आया—"कहानी का अन्त जरा सोच-समझकर ही लिखना है बेटा, आजकल के युवाओं की कहानी है यह, सो इतना आसान नहीं है इसका अन्त। आज शायद इसे पूरी कर लूँगा।"

मेरे बेटे को जैसे कम्प्यूटर पर घंटों डूबे रहने का नशा है, रचना को पठन-पाठन से बेहद लगाव है—इसलिए वह अपनी माँ की तरह मेरे लिखे को पढ़ अवश्य लेती है। मैंने टोह लेने की गरज से पूछा, "वैसे तुम इस कहानी का अन्त कैसे करतीं ?"

रचना ने कुछ सेकेंड ही सोचने में लगाए और कहा, "पापा, आजकल ऐसी कहानियों का पहले जैसा अन्त नहीं होता। अब तो निर्णय को समय के हवाले कर दिया जाता है अर्थात् फिलहाल निर्णय को स्थगित रख छोड़ो... ।"

●●●